U0023050

極道戀人

小采◎著

極道戀人

作　　者：何采容
出 版 者：生智文化事業有限公司
發 行 人：宋宏智
企劃主編：范維君
行銷企劃：汪君瑜
責任編輯：范維君
印　　務：許鈞棋
專案行銷：張曜鐘、林欣穎、吳惠娟
登 記 證：局版北市業字第 677 號
地　　址：台北市新生南路三段 88 號 7 樓之 3
電　　話：（02）2363-5748　　　　傳真：（02）2366-0313
讀者服務信箱：service@ycrc.com.tw
網　址：http://www.ycrc.com.tw
郵撥帳號：19735365　　　　戶名：葉忠賢
印刷：鼎易印刷事業事業股份有限公司
法律顧問：北辰著作權事務所
初版一刷：2005 年 3 月　　　　新台幣：150 元
ISBN：957-818-695-9
版權所有　翻印必究
國家圖書館出版品預行編目資料

極道戀人 / 何采容著. -- 初版. -- 臺北市 : 2004[民 93]　面；　公分. -- (臺灣作家系列)
ISBN 957-818-695-9(平裝)
857.7　　3021565

總　經　銷：揚智文化事業股份有限公司
地　　址：台北市新生南路三段 88 號 5 樓之 6
電　　話：(02)2366-0309
傳　　真：(02)2366-0310
※本書如有缺頁、破損、裝訂錯誤，請寄回更換

1

「幫派老大？」何冰心瞪著矗立在她眼前不讓她再往前進入的陌生男子。「先生，你在開玩笑吧？」

才剛踏進家門，只見上百個穿著黑衣的人群整齊的排列在她家門前，一大片黑色的浪潮洶湧而列的景觀嚇得她停住腳步，還來不及細想，這個路人卻擋在她面前，盤查她的身分，說著讓她嚇得更加嚴重的話。

她沒聽錯吧？還是這個人在跟她開玩笑？

這個家的主人是幫派的老大？現在他們正在舉行新舊幫主傳承大禮？

不可能吧？就算從三、四歲後沒回來，手中的地址可是前幾天得到的，加上站在前面他們稱為新幫主的人可是她大哥耶！記得去年他去看她時才說當上什麼企業的總裁啊！什麼時候變成幫派的頭頭？還有他旁邊那個可是她家親愛的舅舅吧？不可能是這個人口中的二當家吧？

還來不及想，一個中年男人自內堂緩緩步出，空間在瞬間變得凝重。

環視四周，何冰心可以感覺出眾人的嚴肅。想必來人定是個大人物……「喂，他是誰？」

那身影、那容貌，她絕對不會認錯，就怕……猜錯身分。

瞪著她，陌生人說：「喂，妳這小毛頭，誰叫妳沒禮貌地用手指著我們幫主？」一把捉住何冰心的手腕，力道之大讓冰心皺起眉頭。

男人，眞是粗魯的動物。

「妳的帖子呢？沒有邀請函是不能進來的。」沉醉於終於可以見到幫內重要人物的興奮，讓他雄雄忘記該有的謹慎，今天每個參與這大典的人除了幫內各堂支援的人之外，其餘都是來自台灣各地的角頭，所以在進出安全上可說是層層關卡，照理來說，能走進內堂的大都是經過身分確認，可是他總覺得這女人有問題。「妳是混哪堂的？」

仔細地打量起眼前的女孩，大漢這才發現，小女孩是個標緻的女人，雖然不美，但卻有股脫俗的氣質讓人捨不得離開眼，或許她是哪堂堂主新收的女人吧？他這麼想。

混？這是什麼名詞？長年在美國生活的結果，讓何冰心跟台灣嚴重脫節。

直接跳過這不懂的字眼，她指著大門回答：「走進來的。」還大大方方。

「走進來？」看看門口站著自家兄弟再看看她，他還是覺得怪怪的：「妳是哪幫哪堂的？」

「你又是誰？爲什麼出現在這？」盤問她？有沒有錯，她不過是回家，竟然會在自家門口被人擋下查問。炙熱的天氣，已惹得何冰心開始心情不快，這人的手還緊捉不放，她的耐性似乎……快到極限……

「喂，是我先問妳的，妳到底是誰？」

高音調的聲貝，讓何冰心皺緊眉：「你那麼大聲作什麼？」沒禮貌的傢伙。

「說，妳是誰？」沒理會何冰心，大漢加緊手力問道。

他的舉動無疑是自找死路，只見何冰心眼一沉、嘴一抿，陌生大漢已橫躺於地哀叫。「妳……妳……」

「我怎麼樣？」甩甩剛被捉住的手，何冰心輕蔑地看著地上的人說：「看你下次還敢不敢不憐香惜玉。」竟敢惹她，找死。

她可是空手道黑帶三段、柔道二段，加上正宗少林武功傳人之人，要打架，隨時奉陪。

「妳……妳……快來人，有人來鬧場。」大漢一吼，只見附近巡守的黑衣人全圍了上來。

陣式之大，讓轉身打算繼續踏入的何冰心輕笑，怎麼？輸不起？眼波流轉，底下的腳步沒停，她想試看看這些人的能耐。

這樣的行爲無疑是種挑釁，眾人見狀一窩而上，只見何冰心輕鬆以對，其他人面露難色，哀叫聲不絕於耳，然後……歸於平靜……

呼……好累。

就在冰心稍喘口氣之際，突然，一聲震天怒吼響起。「你們在幹什麼？」

原來是何冰心他們的聲音過大，已經嚴重打擾到大典的進行。

其中一個自地上爬起來的大漢、那個一手捉住何冰心的人，想趁機邀功卻口吃地說：「幫……幫主，有人混進來鬧事。」入幫那麼久，第一次與大人物對話，眞是緊張萬分。

「是哪個混……」怒眼掃射而來，何奕慶在看清女子的面容時，剎那轉成訝異：「冰……心。」

他，驚嚇過度。

撐大眼，多盼望是他人老眼花，看錯人。可是……那張細膩的臉龐、細如柳的眉，在在地告訴他事實的殘酷，站在他面前的確實是他的寶貝女兒——何冰心。

媽啊！惡夢。

冷汗自何奕慶的額際滲出，他無法置信地瞪著何冰心，多希望這一切都是場夢，可是任他怎麼眨眼，女兒的身影依然存在：「不會吧……」他喃喃自語，直到眼角撇見那捉住女兒的手，他怒斥：「你……給我放開你的手。」該死的臭小子，竟敢亂碰他們家寶貝女兒的手，不想活啦。

管他是夢還是眞，他家寶貝女兒的手豈是一般人可以亂摸的！

「喀拉、喀拉」的手指板響及銳利的眼，讓那大漢趕緊將手放開。一臉慌恐地疑惑自己哪裡作錯事，惹得幫主那麼生氣？

何冰心見狀，嘆口氣，一邊朝父親揮揮手，一邊幫身旁受驚的「小兔子」拍背順順氣：「嗨，老頭，很久不見。」

「妳……妳怎麼會在這出現？」何奕慶的怒氣在瞬間消逝，腳不自覺往後退。不可能，不可能……昨天明明接到在國外負責照顧女兒的三弟的電話，說她跟朋友出去玩……

「我畢業啦。」她還跟好友們先跑去歐洲玩了一個半月才回來。

「畢業？不是還有兩年嗎？」老歸老，何奕慶，記憶不差。「而且妳三叔說妳跟朋友去歐洲玩不是嗎？」怎麼歐洲變成台灣？

「是沒錯啦，不過……」聳聳肩，她懶得多說，這趟台灣之旅可是費了她不少心力，與好友們共同策劃，並收買了內鬼才得以成功，當然這事是不能講的。打開背後的包包，拿出畢業證書，丟向父親說：「我可沒騙你喔。」

那張薄薄的一片，可是她辛苦的代價。

看了眼手中的紙，他蹙眉說：「這是什麼？」整張紙，他只認得上面的照片，那確實是女兒的大頭照，可是，裡頭的字他卻一個也不認識。

「畢業證書。」打個哈欠，何冰心回答。

「怎麼可能？」他不信。

「老爸，那真的是妹的畢業證書。」一旁偷看的何家老大何奕風驚呼。「不是還有兩年嗎？」

「是啊，不過我硬是在兩年內修完所有的學分。」她不是天才，而是日子過得有點無聊，讓她興起想挑戰自己的能耐。

而她，似乎做到了。

沒夜沒日地拼命，讓她只花了一半的時間就修完大學學分。

「什麼？」亂了亂了！怎麼跟美國傳來的訊息全部反了？

「閉上你們的嘴巴，好醜喔。」嘖，那是什麼反應，她畢業了竟然沒人為她高興。

「嗟！一點都不好玩。」伸著懶腰，何冰心開始有點肝火欲動。

何奕慶看看手中的畢業證書，再看看女兒，除了無法置信，還是不能相信。他女兒竟然只花一半的時間修完大學？

這……先別說是平常人作不到，光是以何冰心懶散的性子來說，更不可能辦得到。可是事實卻在眼前，讓他無法置信也不能不信。

唉！他早該知道女兒向來不按理出牌的個性，不是嗎。無聲地嘆了口氣，濃似墨的雙眉微微皺起，何奕慶發覺他的頭犯疼。

「妳……妳怎麼不打電話回來說一聲。」至少讓他們有心理準備。

「告訴你們我提早畢業？不用吧，反正你們都會知道，只是早晚的問題罷了，再加上……」看看四周，何冰心頓了會才繼續說：「要是告訴你們，我還能看到這樣精彩的畫面嗎？」

「什麼？」

就在眾人還想不透她的意思時，何冰心接著說：「老頭，我怎麼聽說你是混黑道的喲。」笑，在嘴角綻放，讓人如沐春風，跟著傻笑。

然而，這笑容在夜神幫幫主等人眼底，卻是一切惡運的開端；因為，那是朵開在地獄結冰之日的笑靨，非死即傷。

完了，剛才被何冰心提前畢業之事嚇到，致使他們只顧著擔心家裡長輩們的反應，卻忘卻了一個更大的麻煩。

那就是——他們進行數十年的騙局……爆料啦！

這下，死定了。

✻ ✻ ✻

八月天，日頭赤焱。

何家三合院內的大廳，沒有稍早的熱鬧，有的也只是牆上冷氣吹拂的冷。

望眼看去，何家大大小小一共六人，奇蹟似地一個也不差全都出現。

中國風味濃重的大廳內，端座正中央的是父親何奕慶，而他的左手邊分別爲大哥何奕風、二哥何奕流，右手邊則是母親張雨婷及小哥何奕水。

他們戰戰兢兢端坐的模樣，讓何冰心想笑，只是情勢讓她笑不出口。

因爲有生以來第一次的驚喜，來自於家族隱藏許久的秘密。

而且全家上下只有她被瞞在鼓裡。

這……可不是件好玩的事，至少對她而言。

他們欠她一個解釋。

「你們有什麼話要說？」懶懶的聲調，卻藏有危機來臨之勢。

「什……麼……」裝傻，何奕慶只祈求能逃過眼前浩劫。

女兒的脾氣，他雖不敢說百分之百了解，可百分之九十是跑不了，她雖然名喚冰心，個性卻與名字有天壤之別。

何冰心，名不副實的何家大火山。

由於她是何家與張家近百年來難得的女性子孫，所以自小便是眾人捧在手中，含在心中的寶。每個人逗她笑都來不及，哪有人捨得讓她心情不好。

偏偏，她的個性跟她的爺爺一模一樣，火裡去、火裡來，平時笑嘻嘻，像個開心果，但是只要觸犯到她的原則，那可不是三兩句可以熄得了火的。

就像現在，他們這些人前硬漢也不得不在這娃兒面前低頭。

「老頭，人的耐心是有限的。」不是她不敬老尊賢，而是目前的心情讓她尊敬不起來。

被人騙的感覺本來就不好，更何況是被全家人聯合起來欺騙。

那簡直是……罪．不．可．赦！

「我……我……」

「再我下去，後果自行負責。」是警告，也是威脅，何冰心相信在場的家人都很清楚這句話的威力。

「這……」辯解的話，在何冰心的利眼下吞回，何奕慶頭疼地揉著鬢角。無奈地一聲嘆。「妳想知道什麼。」

「全部。」

「就如妳所見。」

「你是說……」手指向大廳外的人潮。「這些都是眞的。」

「嗯哼。」頷首。何奕慶在心底慶幸內廳與外面有段距離，使得外面的人聽不到裡面的聲音，不然這場面讓他們以後的顏面要往哪擺。

「也就是說你們口中的家族企業就是黑道事業？」

「嗯。」

「嗯？就這麼簡單？」她發誓，再讓她聽到一聲「嗯」，她就不客氣了。

「事實擺在眼前，我們也無法狡辯不是嗎?!」他們已經有認錯的誠意了，希望女兒能高抬貴手饒了他們吧！

全盤托出，會讓他們死得更慘。

「是沒錯，不過我想大家沒弄清楚，我要的是詳細的解釋。」利眼橫掃，何冰心滿意地看著家人冷汗直冒。

再打馬虎，她今天絕不善罷甘休。

「女兒啊……這……別為難我們啦！」擦拭著冷汗，何奕慶咳了聲說道。

他是台灣有名幫派的老大耶，在外呼風喚雨，在家卻是妻女協會會長。唉！全是自找的啊！

「很為難嗎？只是要你們說實話就很為難嗎？」有沒有搞錯。

「我……可不可以不要說？」瞄了眼女兒，何奕慶試探著問道。

「你說呢？」可以不說她有必要這樣追問嗎？笨老爸。

何冰心強硬的態度，讓何奕慶頭疼至極。

不是他不說，而是這一說，家中那裡長輩們不砍了他才怪。社會的黑暗一面是不適合他們家小公主。

這也是為什麼他們會將冰心火速送離台灣的原因。

他們不願意讓這得來不易的女兒，遭受到任何傷害。

「老婆……」何奕慶轉向身旁的張雨婷求救。

給丈夫一個安撫的眼神，張雨婷對女兒說：「冰心，妳要知道全部的事情，媽咪可以說，可是妳得先答應我一個條件。」

「沒問題。」何冰心爽快地回答。

「妳沒問是什麼條件就答應。」

「我相信媽咪不會害我對吧？」望進母親的眼底，她笑道。

張雨婷笑而不答，眼底迅速閃過算計。

沒錯，身爲母親，她保護她都來不及，哪有可能會害她。問題是，她那個條件……嗯，算了，反正女兒都答應了，她也無須考慮太多。

「老婆，這樣不好吧？」何奕慶急忙地說道。

「放心，這事我會負責的。」

「不過……」還想說的話讓老婆的眼神打斷，他無奈地嘆口氣。好吧！反正家裡眞正掌權的是他老婆。

老婆大人決定就好，他無所謂。反正出事那天，他大不了擋在親愛的老婆面前挨幾拳了事。

「那麼……」看看兩旁的兒子，張雨婷眼帶詢問：「你們有意見嗎？」

何奕風等兄弟很有默契搖頭表示沒意見，張雨婷這才緩緩說起所有的前因後果。

半個小時後，張雨婷接過丈夫倒的茶，飲了口後說道：「好啦，這就是妳要的原因。」

眾人凝注全神，等著何冰心的反應，可是過了十分鐘，她卻像是嚇到了，呆滯不動。

「冰心？」

「小妹？」

何奕慶等人對她的沉默顯得不安，互看一眼。

不會吧！被嚇呆了？

眾人不知該如何是好，張雨婷只好站起身來關心著女兒的異狀，倏地，何冰心似乎醒了過來跟著站起，眾人神經緊繃地看著她的動作，接下來的一秒鐘，她終於開了口：「媽咪，我累了，我的房間在哪？」

事情的眞相，總是令人難以承受，尤其揭穿了將近二十年的謊言，更叫人無法接受。

沒理會父母及兄長們擔心的眼神，何冰心在管家的帶領下，回到家人為她準備的房間，當腳踏入房內的同時，房門也跟著深鎖，任憑家人在門外聲聲呼喚。

不行，她得好好想想，她得冷靜下來……冷靜……冷靜……

這種事怎麼可能會發在她身上？

自小以為務農的父親，是當今黑道響叮噹的教父？而溫柔善良的母親，竟然是轟動一時的……殺手！

殺手耶！

電影、小說、漫畫情節內的景象在腦中迅速閃過，何冰心發覺頭好疼。

怎麼才一瞬間，她的世界徹底改變？

這究竟是怎麼一回事？

她們家族企業竟然是台灣三大幫派之一的夜神幫？

她親愛的爺爺與外公是黑道大亨？

她家那群有戀妹情結的兄弟們都是黑道精英？

她們家一家子除了她以外全是黑道上赫赫有名的人物？

黑道世家？

喔，MY GOD，IT CAN'T BE TRUE！

這件事……太勁爆了，她需要時間好好消化這些，對，沒錯，她眞的需要休息……

走向大床，何冰心將整個身子窩進溫暖的被子內，讓黑暗掩住了眼界，任由疲倦佔據眼皮，爾後緩緩的陷入闇黑。

惡夢啊……

2

認識何冰心的人都知道，她有很不好的下床氣，至於有多嚴重，只要看看今天何家每個人就可以知道了。

數十人圍了好幾張大圓桌，卻沒有人敢多吭一聲，再仔細看，不難發現眾人的臉上、手上以及身體上皆帶著爲數不少的黑青印記，不大不小，卻讓人觸目驚心。

不過，這些都是他們自找的，誰叫他們過於興奮，腦袋打結，忘記了天才明，人才睡，一股腦地衝進房間惹怒了沉睡中的獅子——何冰心。

對一個歷經長途飛行及受到重大衝擊後的人而言，最需要的是什麼呢？

答案很簡單，只有兩個字，那就是「睡眠」。

清晨三點，何冰心好不容易克服了時差入睡，卻在早上六點讓人從床上挖起來，睡眼惺忪地呆坐在客廳沙發椅上，承受著從台灣各地連夜趕回的親戚們，接連不斷的炮火轟炸。

那雙總是水靈靈的星眸，隨著牆壁上時鐘的轉動，而逐漸紅絲滿佈。當時鐘在八點整鐘響時，醞釀許久的怒火發作了。

「你們有完沒完啊？」冰心只覺得一陣血氣溢上腦袋，開口的一聲怒吼馬上讓大家極有自覺的閉上嘴：「該死的！你們知道我幾點才睡嗎？」

「凌晨三點！是『今天』凌晨三點！而你們竟然在六點時硬將我挖起來整整轟炸我兩個小時！你們沒事可做嗎？」

一聲聲的獅吼，夾帶著驚濤駭浪的怒氣而來。

驚嚇、尖叫，在何家大廳上演著。何張兩家數十人個個抱頭逃竄，這才想起有關何冰心的禁忌。

可惜為時已晚，爆發的火山豈有輕易消退的可能？

放眼能及的家具陸續葬身在火山爆發的熔岩下，眾人的哀嚎聲四起。

媽媽咪啊，殺人啦，救命喔！

大家很有默契地拉著何奕慶於前面當擋箭牌，縮躲於牆角。

「女……女兒啊，妳……妳冷靜點……」遭眾人陷害而被迫佇立於最前線的何奕慶，在一只清朝古壺距其頭頂一公分處飛過後，終於忍不住出口自救。可是所有的話語在看見一口明代寶劍飛奔過來後迅速吞嚥入肚。

哇呀！我的媽呀！

何奕慶一邊像隻母雞帶小雞閃躲老鷹的攻擊外，一邊冷汗浹流地直盯大門祈禱著出門買菜去的老婆快快回來救他。

嗚……自己怎麼有這群有義氣沒人性的親戚呀！這般折騰他老人家。敢拿他當擋箭牌，我咧@#%$@。看以後他怎麼算這筆帳。

老婆呀！快回來喲！

何奕慶真的十分後悔當初怎麼沒有聽他家漂亮老婆的話，陪她出門準備好吃的給寶貝女兒。還是老婆神算，在看見家族人馬全員到齊的時候便藉著出門買菜的理由趁機溜走。

雖然現在的時機不適合自誇，但是提到老婆大人，何奕慶就忍不住要自豪一番啦！

這個老婆不僅人美的沒話說，廚藝更是一極棒。想當初，他這個黑道硬漢就是被她的美貌迷惑在先，被美食誘惑在後，才會不顧四周的反對聲潮，力排異議娶了敵家女兒入門。

不過，事實證明他十分有眼光，老婆一進門便輕輕鬆鬆地收服了家中那群頑劣的大老們，再來，更是為他們家生下百年期望的女孫。這還不用說其一身的好武藝，讓何奕慶不怕敵人挾之威脅，只怕她對人家怎麼樣。

反正說來說去就是他眼光夠好，選到好老婆。想著，何奕慶禁不起灑了兩滴淚水，以表示對老婆的敬佩。

不過……眼淚還沒落地，現實還是要面對的……目前最大的問題是，眼前這場大火何時才會停啊？他老啦，體力快不支囉。

而最叫他心疼的是……

被當作武器使用，他可憐的古董，他心愛的字畫，他的命啊！

當身為一家之主的張小姐何太太張雨婷，提著菜籃踏進家門的那一剎那，映入眼底的，就是這副慘狀——一群像獵物黏在牆壁上的家人，及一個像隻酷斯拉在發火的女兒。

笑在嘴角綻放，她慢條斯理地閃過戰火區，走向廚房，過了些會，當令人垂涎三尺的菜香味瀰漫時，那一座爆發的火山終於「襲」的停了下來……

精疲力盡的眾人這才得以解脫。

果然是知女莫若母，張雨婷在看見所有親戚回來時，就料到女兒的下床氣一定會發作，所以才早早上街買了冰心最愛的菜，以便能解救大家被火紋身之苦，可惜台灣的交通壞了她的預期，她也只能讓傷害程度減到最低。

看看家人狼狽的樣子，再看看女兒，張雨婷輕嘆口氣搖著頭。

唉，當初硬要女兒學武功是正確的決定嗎？

＊　＊　＊

吃飽睡飽精神好。

何冰心瞇著眼伸著懶腰，悠閒的神情讓人看不出稍早的怒顏神態。

對於她所造成的傷害，她除了無奈地聳聳肩外還有一絲的愧疚，畢竟災情太過慘重，五件古董花瓶、三把明清時代的寶劍外加零零總總的各式傢俱，已經將她家親愛的老爸逼出英雄淚。

想起老爸一把眼淚一把鼻涕地哀悼那些古董時的表情，就讓她忍不住嘴角抽搐。那種人是一幫之主？任誰看了都不會相信，難怪她能被瞞在鼓底那麼久。眞是鬱悶。

不過，說實在話，她已經很久沒這樣發火了，這種運動還是不要的好，一來家人的荷包「失血」過重，二來她也腰酸背痛。

打開落地窗，何冰心走出戶外，寬廣的庭院在精心設計下，處處可見美景，中國園林之美盡在這數百坪的三合院落展現。

在台灣這小小的地方能有這樣寬廣的房子，她們何家想來祖產不少嘛！環顧四周，何冰心這才開始對「家」稍有了解，難怪她在美國能擁有豪華自宅、佣人、數十名保標貼身保護，是她神經太大條了吧，以爲這一切理所當然。

算了，不想這個了，第一次回國，她迫不及待地想看看這個家鄉。

邁出去的腳步顯得迫不及待。

可惜，人還沒走近大門，便被兩道人影擋住去路。

抬頭，映入眼底的是兩張鼻青臉腫的可怕面容。

媽啊！見鬼啦？

何冰心雙眉緊蹙地問道：「你們是誰？」怪怪，她們家有時有這兩個「面目全非」的殘障人士？

「小姐妳好，我是畢爾、他是劉全，是這邊的守衛。」看見何冰心眼底的疑惑，畢爾自動自發地解釋。

守衛？怎麼昨天沒見到？何冰心狐疑地指著他們臉上的傷問道：「你們的臉……」她問不出口。

「呃……這是我們工作不認眞的處罰。」捉捉頭髮，畢爾扯出笑。

他們就是在幫主交接當天失職的守衛。

何冰心腦中閃過，她明白地笑著說：「辛苦啦。」看來動手的人沒有手下太留情，想必是將受到她的氣轉給他們吧！

唉！她們家那些男人……眞是……

搖搖頭，她可憐這兩個人。「你們爲什麼擋住我的路？」

「小姐，不好意思，夫人交待過不能讓妳出門。」搓著手，畢爾有點緊張地回答。

眼前這位就是黑道上傳聞許久的何家小姐？嬌小的身軀、澄澈靈黠的眼神，在在讓人忍不住想將她收入保護，不過，他知道這是假象，因爲昨晚的騷動來自於她，更別提今早幫內重要人物臉上的傷痕，也是她的傑作。

「爲什麼？」不出門？想悶死她嗎？

「對不起，屬下不知道。」上頭只講這樣，底下沒有權利多問。

「可是……我若眞想出門呢？」人都走到這裡，哪有可能簡單就打退堂鼓的道理。

兩人相看一眼，最後畢爾帶著歉意地說：「那就請小姐見諒了。」他們兩人臉上及身上的傷痕就是因爲沒有徹底執行命令的代價，這次，他們不敢輕忽。

不會吧！她也不過想出門逛逛也有問題？

想來是家人的過度保護病症又發作了，每次他們到美國看她時，總是三交待四囑咐地要保鑣不准離開她身旁半步，幸好他們前腳一走，她就有辦法後腳開溜，不然她不瘋才怪。

不過……

挑眉，覷了眼兩人，何冰心想笑，不是她看輕他們的能力，而是她對自己很有信心，所以，想阻止她？那就看他們夠不夠格了。

空氣瞬間凝重。

就在一觸即發的情況下，突然，一道犀利的眼神引起何冰心的注意，她偏過頭，眼神穿過鐵門望去，最後停駐於對街的商店外。

那是雙黑不見底的眼瞳，而擁有這雙眼睛的主人，則是一名十分俊秀的男子；微微上揚的薄唇，帶著些許的輕薄，看得何冰心忍不住皺起眉頭。

他是誰？爲什麼這樣看她？

不悅的情緒在心中蔓延著，她十分討厭別人這樣子看著她，彷彿她是一隻待價而沽的獵物。

不過最叫她疑惑的是，那個人似乎認識她？看來，這次回鄉之旅的未知數頗多。

「小姐？」察覺到她的異樣，畢爾開口問道。

拉回視線，何冰心臉上的笑容越加燦爛，她不語轉身回房，留下滿臉錯愕與不解的兩人。

發生什麼事了？剛剛小姐不是執意要出門嗎？怎麼現在……？

兩人相望，無法理解。

✻　✻　✻

午時豔陽高照。

「龍！你在看什麼。」一頭金髮，在陽光下更顯得奪目耀眼，但卻也比不過眼前黑髮少年。若要說金髮的思藍是天使的化身，那黑髮的龍銀衣必定是來自黑暗最深處的闇之王──神秘且危險。

「沒！」手撫上胸口，不易察覺的神秘笑容在嘴角漾開。不知道怎麼搞的，龍銀衣並不想跟好友分享。

「騙肖耶！」思藍小聲地說著。跟龍銀衣的交情又不是一年、兩年，哪會不知道他有事瞞著；但現在有件事比較重要。

「對了！聽說夜神幫向來神龍見首不見神尾的『小姐』回來了耶。」眼睛閃著光芒，思藍笑得詭異。

「嗯！」輕聲回應，閉目養神，龍銀衣豈不知手邊大將兼好友的心思。他們這次千里迢迢地自美國飛到台灣爲的不是旅遊這麼簡單的，而是奉了長輩之意來辦件重要的事情。

思藍興奮地期待龍銀衣接下去的話，可是龍銀衣卻保持靜寂，讓性急的他忍不住問道。

「就這樣？沒有話要說嗎？」不會吧？存心吊人胃口？

龍銀衣微開眼簾，看著好友一臉興奮又期待的臉，口中再溢出一句簡短的回答。「沒！」

「別這麼吝嗇，說來聽聽啦！」纏在龍銀衣身旁，思藍無其不用地想探出口風。

「煩！」

「唉啊！只要你說出來我就保證絕對不再煩你。」眞的，他說得到作得到。

「呵！既然龍不想說，你就別勉強他。」又是一名俊秀的男子，緩緩地自前面的雜貨店走出來。那頭深紅如火的頭髮在陽光的照射下彷彿有著生氣般褶褶閃亮。

「嘖！別說你不想知道喔！裔紅。」思藍不屑地吐槽。

「是很想啊！可是你又不是不知道，龍不想說的事，你怎麼問他他也不會吐出半句的。」裔紅自手提袋中拿出咖啡，丟給思藍。

「知道啦！」龍銀衣的固執他又不是不知道，思藍不耐煩地甩甩手。可是他們來台灣已經一個半月了。該玩的都玩夠了，若不找點事做做，他一定會無聊至死，誰叫他一生勞祿命，閒不得的。

明白好友無聊作祟，裔紅輕拍思藍的肩膀笑著說：「你放心啦！龍不會讓我們失望的。」

輕抬右眉，裔紅深邃的雙眼閃著一抹詭譎的笑意，若有所思地凝視著依然斜靠在牆壁上閉目養神的龍銀衣。

「……」

若他剛剛沒有看走眼，相信不久會有一場熱鬧的戲即將上演。

眞是讓人萬分期待。

沒忽略裔紅眼底一閃而過的狡黠，龍銀衣只是不語地望向那道漸遠的身影。

何冰心……呵……

第一次相見，他與她，眼神交會。

「小妹，今天天氣很好，要不要出去走走？」何奕水陪笑地詢問著躺在貴妃椅上的妹妹。

何冰心連著三天的沉默，已經嚇壞眾人，最後，經過抽籤決定，由他出來當個和事佬，解解他們家寶貝的氣。

「怎麼，我的禁足令解除啦！」翻個身，何冰心眼也沒睜懶懶地回答。

嘖，終於有人知道她在生氣啦！不簡單不簡單，她還以為這次會被關到踢回美國，他們才會注意到。

「嘿嘿……」何奕水乾笑著。

沒辦法，小妹這次的突擊回國，不僅嚇壞他們，也引起道上其他人的注意，為了她的安全，眾人才不得不出此下策，希望小妹能多多體諒。

「別這樣，小哥帶妳四處玩，陪個罪好嗎？」

「你陪我？」睨眼何奕水，她笑道：「你要我死得更快嗎？」兄弟當中，就屬小哥面貌最俊，每次出門總是引出不少蒼蠅四處煩人，再加上如今他的身分不同，台灣有名的男模特兒兼實力派演員，跟他一起出門？算啦，她倒寧願自個出去，還來得自在有趣。

「不會不會，這次妳相信小哥。」握住冰心的手，何奕水肯定地說。

望著小哥堅決的面容，何冰心遲疑。

被關了那麼久，她已經快悶瘋了，若再不出去，不難想像她會再次發飆，可是……

何奕水見妹妹有點動搖，趕緊再聲明：「我保證。」

就是這句話，讓她點了頭，也因爲這個點頭，讓她後悔莫及。

什麼叫作「保證」？那簡直是比廢物還沒價值。

剛踏出家門的刹那，自由的空氣，讓她感動地想哭。可是好景不常，才走進市區沒半個小時，不知道是她們家小哥的賀爾蒙過高，還是台灣女姓特別眼尖，輕易地視破何奕水的僞裝，瞬間蜂擁而上將他們團團圍住。

「小哥。」

拉長的音調，藏著即將爆發的怒氣，何奕水寒毛直起，完了，小妹火氣開始上來了。「不是我，眞的不是我的錯。」他明明已經僞裝得很成功了，爲什麼？爲什麼還會被看出來？

捉破頭，何奕水想不出理由。

「你的保證沒效力啦！」天氣已經夠熱，還被無以數計的人群困住，何冰心覺得自己快不能呼吸啦，這是什麼世界，也不過是張好看的臉皮，有必要沉迷成這樣嗎？更何況，這又關她啥事……爲……等等，這群蜜蜂看上的是小哥這朵花，又不是她，她沒必要在這裡被人扯著玩吧！

眼波流轉，一個念頭在何冰心心底成形，她看看四周，身形一閃，沒幾分鐘，人已經遠離暴風圈，回首，望著何奕水著急的模樣，嘴角綻放朵朵燦爛的笑，她輕聲低語地道：「祝你好運。」

哈哈哈，不是她這個妹妹的幸災樂禍，只是，套句流行話──「各人的業障，各人承當」，她可沒那個善心，陪他一起受罪。

更何況，自由的味道太棒啦！沒有跟屁蟲在身後，相信這趟出門之旅才好玩。思及，何冰心揮揮手，瀟灑地轉身離去。

不過，今天她的運氣似乎不好，所以才會甩開一個麻煩後，卻又惹上另外一個。

「唉呦！」

過於興奮的下場，就是她忘記看路，硬是撞進一個厚實的胸膛。

哇啊！她是撞到牆壁啦！好痛。

撫著額頭，何冰心抬起頭，看看「車禍」的另一個肇事者。

厚薄的唇瓣、挺直的鼻樑、細長的單鳳眼，有菱有角的臉龐，這樣的組合成就了一張俊美無儔的臉，引誘人心蠢蠢欲動，而那帶著深不可測的眼神，更叫人差點跌入……

咦？等等，怎麼這人好眼熟？他好像是……對了，是前幾天在家門口打量她的男人。「你是誰？」她跟他未免太有緣了吧？

「小姐，妳是不是該先說聲對不起。」撞到人沒先道歉，反而像隻刺蝟般防衛，這小妞的禮貌有待加強。

「你先回答我的問題，就會得到你想要的。」不知道爲什麼，她就是覺得這個人的身分不簡單。

「我想要？」哈哈哈，就怕她不敢給，看了眼何冰心，他緩緩開口：「龍銀衣，記住，這個名字將會永遠存在。」現在、以後、未來的每一天，他與她註定糾纏不清。

刺眼的笑容，讓何冰心柳眉高聳，這個人……瘋啦！只不過問個名字就要永遠記住他？

不好意思，她的腦容量不大，容不下眼前這尊大佛，迅速丟下一句對不起，她側過身閃過，黑緞般的烏絲隨風飄揚，在龍銀衣的眼前舞出漂亮的弧度。

第二次相見，他與她，不歡而散。

✽　✽　✽

「什麼？她就是何冰心？」思藍無法置信地嚷嚷著，剛剛與老大對峙的小女生，竟然是黑道上赫赫有名的「藏鏡人」？

乖乖，眞是人不可貌相，根據最新傳聞，她是個厲害的角色。

「老大，不錯喔！雖然人長得不是絕頂的美，可是那倔強的神情，倒是會讓人衝動地想將她折下。」女人分爲三種，一爲美豔動人，觀賞用；二者嬌小柔弱，收藏用；三者冰冷炙燄，征服用。而她……屬於第三種。

對於獵性強烈的人而言，這是上等的目標。

「喔！你動心啦！」龍銀衣低沉的嗓音聽似醉人，卻藏著深不可測的詭譎。

「動心？」打量著龍銀衣的神情，思藍覺得寒毛豎起。「不，我對她可是毫無興趣。」

「喔，是嗎？」龍銀衣隱斂下眼神，掩住那一閃而過的殺氣。

「沒錯，我十分肯定。」點頭如搗碎，雖然他的表現有點懦夫，可是比起性命的安全，這只是小小的難堪罷了，還在他的原則範圍內。

多年相處，他算了解主子這語調的意義，那是種不容他人覬覦的警告。

退了幾步，靠向身後的裔紅，思藍低聲地說著：「嗯……我說裔紅，看來老大很滿意喔。」

從未見過龍銀衣這種表情，還眞叫人膽顫心驚。

「是這樣沒錯。」窺探著主子，裔紅笑著說：「不過，我倒覺得事情不要太早定下結論，你忘記老大反覆無常的個性嗎？」

「說得也是。」點點頭，思藍像想起什麼地說：「老大，你何時要去跟未來的岳父見見面，提一下親事啊？」差點忘記他們來台灣的目的——龍銀衣的婚事。

說來眞可笑，現在已經二十一世紀了，竟然還有指腹爲婚。

這個稱得上是英俊小生的龍老大，早在娘胎內就許給人家啦！若那些龍老大的崇拜者知道這事肯定會發瘋。

看看龍銀衣，思藍忍不住地搖搖頭，可憐喔！

不過，照眼前這樣子下去，可憐的會是他跟裔紅，因爲他們三個已經浪費太多的時間了，美國那邊若知道了，肯定剝了他們的皮。瞄了眼主角，他期待有所回應。

「現在。」丟下這句話，龍銀衣頭也不回地走向停在街旁的車子。想起等下的場面，他眼底閃著深不可測的光芒。

哈，肚子餓了，獵物時間到了，他，興奮異常。

「喔喔，老大要吃飯啦！」輕吹聲口哨，思藍與裔紅對眼相望，明白好戲即將上場，而他們，當然是看戲去囉！

✻　✻　✻

「好熱啊！」走進大廳，何冰心以手煽風，覺得整個人快融化了，她怕熱，極度懼怕。

「小妹。」一看見冰心回來，何奕水緊張地跑到她面前。「妳怎麼可以拋下我走人？」當他好不容易掙脫那些人卻發現她不見時，差點嚇壞了。

畢竟人是他帶出門的，若有個閃失，他十個頭都不夠賠。

「喔！恭喜小哥解脫啦！」接過佣人遞上的冰茶，何冰心飲了口後笑著說。

不錯嘛！她還以為自己會先回家。

「小妹……妳……」

抗議還來不及伸張，就讓表面上的一家之長何奕慶給打斷：「冰心，過來一下。」

「欸，老爸，媽咪，你們也在啊！」

「我們正在等妳。」

「等我?」

「是啊!介紹一個人給妳認識、認識。」

咦?老爸的聲音有點怪怪的,好像在怕什麼?「誰啊?」

「這位是老爸一個在美國定居的好朋友的兒子——龍銀衣,旁邊那兩個是他的朋友思藍與裔紅。」

「啥?」看著那男人,何冰心瞠目結舌。「是你?」

「嗨!」頷首,龍銀衣喜歡她的表情,可愛極了。

「你們認識?」何奕慶問道。若是那就太好啦。

「不認識。」見過兩次面,知道名字而已,不算認識。冰心在心底唸著。

「呃,是嗎?」看看沉默的世姪,再看看女兒,何奕慶讓兩人交鋒的眼神給弄混了。算了,不認識就不認識。「他來台灣……嗯……辦點事,所以將住在我們家。」

「喔!」就這樣?她不信老爸只想講這個,瞧他不敢看她的眼神,肯定有鬼。

「還有……」何奕慶吞吞吐吐的樣子,更加證實了冰心的猜測。「他是順便來提親的。」

「提親?」愣了一下,一般都是男方到女方家提親,她們家內待嫁女兒只有她一個人,莫非……

「提誰的親?」

「哈哈……」何奕慶笑得有點勉強，他左顧右盼，就是不敢直視女兒的眼睛，怕自己說不出後面的話。「那還用問嗎，就是妳。他是妳自小指腹為婚的未婚夫。」

「未婚夫？」掏掏耳朵，何冰心懷疑聽錯。「老爸，你在開玩笑嗎？」長這麼大，發現老爸的玩性真的很重，真懷疑這種人怎麼有能力當一幫之主。

「嘿嘿，我說心肝寶貝，妳沒聽錯。」雖然害怕女兒的反應，但何奕慶還是得鼓起勇氣將事情說清楚。

「啥？」雙眸轉厲。「你再說一次。」

「他是妳指腹為婚的未婚夫。」第一次說出口後，第二次再說就……流利多了。

未婚夫？指腹為婚？

有沒有搞錯，這是什麼年代了，竟然還有指腹為婚的八股行為？

何冰心忍住想掄起拳頭揍人的念頭，她相信一定是她聽錯了。對！一定是聽錯了。她的家人絕對沒有那個膽敢做這個決定的。何冰心一邊深呼吸控制自己的怒火，一邊自我安慰著。誰知，何奕慶接下來的話，讓何冰心呆滯三秒。

「事情就是這樣啦！所以妳得嫁過去。」多麼簡單快速。

「事情就是這樣？」什麼這樣？她怎麼越聽越糊塗。

「嗯！沒錯，妳得準備準備，六個月後嫁過去。」越來越順口，不錯不錯。

「六個月？嫁過去！」何冰心像鸚鵡般重複著父親的話。

「對！」簡簡單單的一個字，代表著事情已沒有轉圜餘地。

「我是不是聽錯了？」小心翼翼地詢問是因為何冰心不想表錯情。可是當全家人有志一同的點頭讓她火氣直沖腦門。

「今天不是四月一日愚人節吧！」

「不是！」

「那麼，你們給我好好解釋清楚這是怎麼回事。」怒火已在眼底跳躍，何冰心快氣瘋啦！

「呃……女兒啊！」

再一次被晚輩出賣的何奕慶眼眶含淚地自嘆著。他上輩子一定不只偷吃這些傢伙的東西，還有可能搶了他們的愛人，不然為什麼總是在這種情況下被人當擋箭牌來用。

嗚……他要抗議他們虐待老人家啦！上次被女兒用書丟到的頭現在還在痛耶！

「我說女兒啊！我們可不可以先吃個晚餐再慢慢聊啊！」肚子有點餓耶。

「你說咧！」

笑容滿面代表著何冰心火山爆發的前兆，屋內響起一陣抽氣聲，所有人忍不住地吞了一口口水。

「我要一個完整的回答。」再這樣跟她打迷糊仗只會加深她的怒火。

「冰心……這事一言難盡。」張雨婷緩緩走到女兒面前試著安撫。

「媽咪也知道這事！」

張雨婷尷尬地輕輕點頭以示回答。其實她不僅知道，而且也是造成這件婚約來由的主因。

「喔……」

眞是混帳到底！

「我需要整個事情的來龍去脈，否則……」呵！她可不保證今天不刮颱風。

「冰心……妳冷靜點，事情是這樣的。」看著女兒越來越高揚的怒火。何奕慶不知道該怎麼說才好。對於這個獨生女，他不僅是寵愛到心坎，也對她有著滿懷的愧疚感。自她懂事後，因爲家庭事業的關係，逼迫他不得不將眼前這個寶貝送出國以保安全，造成他們一家人散居四地，無法團圓享受正常家庭的生活，再加上一年只能相聚一次，迫使何冰心小小心靈便得飽受孤獨及思鄉之苦，這些，何奕慶總是看在眼底、疼在心底。可是又能怎麼樣呢！他們無法承受失去她的痛苦啊！

「妳還記得我常跟妳們說我和妳母親的戀愛史吧！」

「當然，相信在座的人還會倒背如流。」

看著女兒接過二兒子何奕流泡的茶後，何奕慶才再次開口。

「其實當初妳母親已經有個指腹爲婚的未婚夫了，他就是美國龍氏企業的總裁。」

龍氏企業！眾人互看一眼，不敢置信。就連何冰心亦是掩不住眼底跑過一閃而逝的驚訝。

在現今的企業界中，只要提到龍氏企業，沒有一個不知道的。雖然它不是世界第一大企業，但百年來仍能在世事無常、日新月異的社會中屹立不搖，位居世界十大企業名單中，它堪屬第一家。也因此，它在企業界中的地位可說是舉足輕重。

眾人的喧嘩聲讓何奕慶停頓了一下，「他是個有情有義且作事光明磊落的人，他深愛著妳的母親，可是當他知道妳母親選擇的是我時，為了不讓妳外公生氣，也為了妳母親的幸福，他不知從哪找個女人結婚，讓人以為是他對不起妳母親在先而成全我們。後來我們惺惺相惜成了好友。在妳出生那一天，他便喜歡上妳，於是提出他家大兒子與妳指婚的要求，完成他的遺憾……」

「所以你就拿我當犧牲品。」不等父親說完，何冰心自動地替他說完。

債是她父親欠的，為什麼得由她來還？

更何況就算那個龍銀衣是龍氏企業的接班人也不關她的事，名利對她而言比一張廢紙還不如。她喜愛自由，絕不允許自己被推入一個大監獄之中。那無疑是要她的命。

「你究竟將我當什麼。」

何冰心危險地半瞇著眼，來回怒視著因她的言語而無聲的家人。她現在可以十分確定的是，這次的回國之旅絕對是一項錯誤的行動。

越想越氣，何冰心受不住地大吼著。

她到底是欠他們多少債啊！

先是在三歲那年莫名奇妙被人送出國當小留學生，這一待就是漫長的十八年，原因則是因爲她是家族內唯一僅剩的女性子孫，好吧！這也就算了，誰叫他們是寵愛她的長輩，她認了；再來，當她好不容易擁有獨立權時，卻被告知得進禮堂與一個從不認識的人結婚，一切就只因爲她老爸搶了人家父親的未婚妻。

我咧……混帳加八級！

猛抓著頭髮，何冰心確信她要抓狂了。

平日的修養化成煙霧消失，野獸的性格在血液中翻騰。

何冰心發現她想打人、她想咬人啦！

「我絕對不嫁！」

「不行！君子無戲言。江湖人出來不能不講信義。」

「我呸！」

何冰心氣憤地瞪著父親。向來在她面前永遠順著她的何奕慶今天卻反常地堅持。該死！

「我跟你說白點好了──我．就．是．不．嫁。」雙掌擊桌，何冰心決定跟她的家人對上了。她什麼事都可以順著他們，唯獨婚姻大事這檔事，誰也不准爲她本人作決定。

「我不管妳肯不肯，反正妳非嫁不可。」任何事他都可以依著女兒，唯獨這件事他絕對是不退讓。

「要嫁你自己去嫁吧！」推開兄長伸過來的手，何冰心只想離開這裡。反正她絕對不陪他們玩。

見情況逐漸失控，張雨婷開口：「冰心，別忘記妳答應過會順我的意思！」

愣了一下，何冰心想起回家那天的事，她不敢置信地說：「媽咪！」

「妳欠我一個承諾，現在，我要妳嫁給他。」強硬的口氣，透漏出沒有轉圜的餘地。

「媽咪，妳……」

此時，一聲低沉渾厚的聲音，打斷了僵硬的氣氛。

「伯父，我想我跟冰心需要聊聊。」

龍銀衣的這句話，對何奕慶等人就像救命仙丹，他們頭也沒點便衝出大廳，將空間留給兩位當事者慢用。

看著家人落荒而逃的模樣，何冰心只是冷笑。

俗話說得好「逃得了和尚，逃不了廟」，她與他們算帳的日子還久，可以慢慢地清算，至於她跟這「未婚夫」，是該好好談談。

「你該不會贊同這婚事？」

「爲什麼不？」他反問。

「第一，以你的外貌，我不信你會沒有女朋友；第二，現在什麼時代了，指腹爲婚這事，我想你應該也不認同；第三，與沒感情基礎的人結婚不好吧。」列出條條道理，何冰心只盼能甩開這個麻煩。

龍銀衣深看了她一眼，隨即輕笑起來：「第一，我真的沒有女朋友；第二，孝順讓我對這婚事沒意見；第三，感情是可以婚後培養。」

騙肖也！

在旁當觀眾的思藍忍不住在心底吐起槽來，是誰在來台灣前才跟三位美女分手的？孝順？龍家一致推崇的叛逆子是孝順的兒子？嗯……看來老大說謊的技術越來越高超，竟然還能臉不紅氣不喘地說出這些話。

好噁心。

瞄了眼女主角的反應，果然跟他一樣不相信。

「你在耍我？」嘴角抽搐，她才不信他的話。

狂妄是他給人的感覺，這種人會順應別人來安排自己的生活？那天就會下紅雨啦！

「我不要人，尤其是妳。」輕輕的一抹微笑勾勒出俊美臉龐的邪氣。

「我不管你的用意，但是你給我記住一點，你跟我，不可能。」她不喜愛別人插手安排自己的生活，就算是自己的家人也不例外，這婚事她退定了。

「有無可能，妳的定論未免下得太早？」更何況是在他誓在必得的情況下。

瞧，怒火讓她雙頰飛上兩朵酡紅，猶如烈火炙熱，讓他捨不得離開眼，心底深處的獵性蠢蠢欲動，他迫不及待地想將她征服。

斂眼，關住眼底急欲跳脫而出的狩獵慾望，龍銀衣第一次如此費盡心機。

想逃？他不會給她任何機會。

看得出他的決意堅定，何冰心不想多說，鹿死誰手還不知道，想過招，她奉陪。

第三次見面，他與她，正式宣戰。

3

今日的何家沒有往昔的熱鬧氣氛，原本的主人們全都因為有事而不在家。何家戶長臨時起意帶著妻子出國度不知第幾次的蜜月，班機定在出門後的三個小時後起飛；而何家三位公子則是因為金融風暴帶來龐大的業務量，全部被叫回公司，可能有段日子無法脫身。

這些巧合，在龍銀衣與何冰心開戰的十分鐘內同時發生。

三更半夜，何家眾人跑個精光，只剩何冰心以及三位房客留守。

可是，今天早上原本該是呈現四人共進早餐的餐廳卻只有三個房客出現，唯一僅存的正主兒何冰心正在地下室忙碌著，至於她在作什麼，從傳出來的聲音就能知道了。

「碰」「碰」，沒有規律的聲聲撞擊聲，不斷地自何家地下室的武道場傳出。

揉著雙鬢，頭疼欲裂的思藍，受不住地開口問道：「嗯……我說老大啊，大嫂怎麼一大早就在運動？」

七早八早就在吵，害得夜貓子的他已經兩眼熊貓眼啦！唉！看來大嫂的心情十分的差喔！

不過也難怪啦！無緣無故跑出個未婚夫，家人又全部拋下她逃難去，這種打擊還眞是不小。

覷了一眼龍鋇衣，卻見他只是慢條斯理地吃著早餐，喝著咖啡，一點也沒有擔心的樣子，眞是不好玩。

不過，現在眼前最要緊的是，有誰可以請那位過動的小姐停下來？她不知道噪音會死人嗎？

天啊！頭好疼，眼好痛，他好想睡覺喔！

「你昨晚又瘋到哪裡？」掐碗粥，裔紅笑看好友難看的臉。

對於思藍，他永遠沒有同情心，因爲所有的事都是自找的，愛玩的個性不改，遲早出事。

「哪有，也不過送三位何兄回公司。」四海皆兄弟的精義，他可是發揮得淋漓盡致，雖然第一次見面，卻能混得像哥們，厲害吧！

「是喔！他們是在『金錢豹』工作嗎？」襯衫領上的口紅印，再加上口袋露出的名片，不難想像他昨晚的送行有多精彩。

「啊？」順著裔紅的眼神低下頭看著自己的衣服，思藍笑得尷尬：「嘿嘿，他們太熱情啦！我不好意思拒絕。」昨晚玩得太累，讓他來不及換衣服人就已經跟周公下棋去。

「喔。」

不相信的語氣，讓思藍濃眉高揚：「怎麼？嫉妒喔！」嗟，眼紅就說聲，淨拉他後腿，算啥兄弟。

「老大……你說……」

話未說完，一道利眼橫掃而來，嚇得思藍所有的抱怨全部吞下肚子，搔搔頭，他識趣地低下頭邊扒著飯邊暗罵。

小氣，問下會死人喔！

過了會，龍銀衣拿起紙巾擦拭嘴角後站了起來，丟下一句話後轉身離去。「你們兩個不許跟來。」

什麼？不讓他們跟？老大太殘忍了吧？

看戲可是他們的生命耶！

※　※　※

甩掉煩人的「兄弟」，龍銀衣走向地下室，隨著腳步驅進，「碰」「碰」的聲響越大。轉彎，佇足，偌大的地下室舖滿日式榻榻米，四周擺滿各式武器，而正中央則掛著一幅飛勁有力的「武」字書畫，濃厚的中國味，讓人有種置身古代武俠世界的錯覺。

而在道場上飛舞的身軀，猶如書中跳出的俠女，不同的是，她手持的長劍並非中國古劍而是西洋劍，一招一式間似柔、似火地飛舞著。

那是火燄，炙熱、狂猖地焚燒著，讓人畏懼它的火喉，卻又爲之著迷，「豔麗」兩字已經不足形容那道火紅身影的魅力。

哈！龍銀衣不禁承認，他就像隻飛蛾吧！明知道火會傷人，卻樂不思蜀執意往那火苗飛去。變態？被虐待狂？不，他只是一想到這朵亮眼的火花爲他燃燒的畫面，就算爲了摘下這朵花遍體鱗傷也值得。

沉思尚未來得及琢磨，細長的劍尖已橫掃而來，兩眼交會，竟是寂靜的可怕。

許久，沉穩的聲音打破了謐靜的空間：「你考慮得如何？」沒有劇烈運動後紊亂的氣息，冷冷的聲調自何冰心口中溢出。

她的心情……十分不好。

「考慮什麼？」好似沒有看到距離眼前不到一公尺的劍，龍銀衣的腳步再往前踏進。

瞇眼，冰心寒意再出：「我們的婚事。」

「事情不是早就定下結論了嗎？」

「你答應退婚？」

「不。」簡單的一個字，代表了他的決定。

「你究竟在玩什麼把戲？」

「玩？不，我是認眞。」他有那麼輕浮嗎？爲什麼大家都不相信他？

「別當我是三歲小孩。」何冰心柳眉微揚，語氣不悅。「別以爲我不知道上一代的恩怨。」她討厭騙人，更討厭被人騙。

「恩怨？我怎麼不知道呢？」

「別再玩了，『蒼龍』。」何冰心最恨拐彎抹角，直接挑白一切。

原本玩世不恭的神態不再，龍銀衣眼裡閃過一抹複雜的精光，兩人之間瀰漫著一股死寂，不知過了多久，他緩緩道出。「妳不簡單。」

「謝謝！不過你也不是小人物。」收回舉在空中的手，轉身，走向置放武器的地方，拿起布細心地擦拭著劍身，何冰心緩緩道出昨晚請消息靈通、精通電腦的好友幫她調出來的資料。「蒼龍，世界一流暗殺集團——『闇龍』的首領，十歲便出了第一次任務——暗殺美洲恐怖份子的頭兒莫瑞，手法之乾淨俐落，讓這個暗殺案成爲歷史上的懸案，接下來幾次完美的成績，讓你在十五歲那年接手『闇龍』之龍頭。擅長左右雙槍，是一等一的高手，不知道我說得對不對?!需不需要再補充？」希望沒有，這種豐功偉業已經無人能比了，若還有她所遺漏的，就太可怕了。

他，果眞是個危險人物。

「對！對極了。」陌生的聲音在何冰心的身後響起，兩條人影猶如鬼魅般出現，挨近她的身後，一左一右地狀似親密擁抱，實則雙槍上膛抵住她的背。

沉重的氣氛在空氣間瀰漫，何冰心卻似絲毫不懼身後的危險，輕笑出口。「呵！果然名不虛傳，天使與惡魔眞如傳說一般，來去無聲無影。」

「妳是誰？」

天使思藍的問話再次惹得何冰心笑聲不斷。

「你問我是誰？呵！呵！你們不是早就知道了嗎！台灣夜神幫最神秘的大小姐——何冰心是也。怎麼？懷疑啊！」

「妳知道我們要問的是什麼。」闇龍中人稱左護法的惡魔裔紅加重手中力道，抵在冰心背後的槍口卻完全不造成威脅，叫他有點懊惱。

「闇龍」之所以會那麼令人畏懼，除了本身輝煌的成績外，它的神秘性更是外人對它又敬又恨的主因；更別提身為「闇龍」領導人之身分，他可是除了左右護法外，連組織人都不可以窺視的，可是如今眼前這名女子竟然能在短短期間內查出他們另一面的身分，這就不得不讓他們提高警覺了；縱使她有可能成為他們的夫人。

「你們是要問……我怎麼知道你們的另一個身分的嗎？」纖纖玉手把玩著手中劍，何冰心故意停頓了一下，隨即又牛頭不對馬嘴地唸著。「奇怪了，這裡的冷氣是不是壞了，不然我的背怎麼那麼熱啊？」

龍銀衣蹙著眉頭向思藍跟裔紅使個眼色要他們鬆手。「說吧！」

滿意地看著背後威脅感解除，何冰心心平氣和地繼續話題。「很簡單，我有個知己，據說你們都稱他『神隱』。」

「神隱！」裔紅驚呼，原本自在的表情也在瞬間崩裂。

天啊，事情的走向已經嚴重偏離了原先的軌道了。

他慌張的神色引起思藍的疑問：「怎麼了？」

揉著發疼的額鬢，裔紅向龍銀衣跟思藍簡單地說明，「她是資料收集站，據說只要查不到的事，找她便可以知道，她的能力可說是世界無人能及。」

最叫他擔心的，是她捉摸不定、喜歡惡作劇的個性。

此時的裔紅，只覺得眼前天空一片黑暗。

如果未來的嫂夫人眞的有「神隱」這號人物的幫忙，那也就代表「闇龍」的機密資料已經全部流露出去。

想到這，裔紅忍不住呻吟，身爲組織安全部門的他，看來又有得忙了。

滿意地看著裔紅頭疼的神情，何冰心再道：「我不管你們有何陰謀，但是別扯到我。」

「等等，我有件事想請教。」在旁安靜許久的思藍忽然說道。自從剛見面開始，有個疑惑憋在心底很久，今天趁機問個清楚。「我說何小姐，我搞不懂爲什麼妳不想嫁給我們家老大？」他起身走到龍銀衣旁，「妳瞧瞧！光看我家老大的臉龐，我敢拍胸脯保證見過的女人沒有一個不爲他癡迷，更何況是成爲他的老婆。我實在不懂妳爲何卻是怕得要命。」換作是他早就趕快「夾」來配囉，眞是沒有眼光。

「怕？呵！該說是不屑吧！」看了一眼毫無表情的龍銀衣，何冰心嗤之以鼻。對她而言，外表不過是個皮囊，終有一天還是會消失，她所追求的可是精神上的永恆。不可否認，龍銀衣是難得一見的美男子，更擁有平常人沒有的高貴氣質，只要有他在的地方永遠都是光環之處，偏偏對她而言，這些都是她排斥的條件，她要的是平靜的生活，不是焦點聚集處，再加上，她自認自己的容貌沒有吸引人的魅力，所以，還是不要自找麻煩。

「不屑?!」思藍驚呼，打小到大，他還沒有看過一個女人可以抵抗得住龍銀衣天生的魅力。

看來龍老大這次是踢到鐵板囉！

「沒錯！不妨老實告訴你們好了，我這輩子是不可能結婚的。」冰心手玩弄著袖口，貝扇微合擋下抹抹難解的思緒。

婚姻對她來說，太遙遠。

「嘖！嘖！嘖！我說小冰心啊！可不要說大話喔！不然將來後悔了可是很難看的。」

他知道有些人在婚前都是標榜不婚主義，可是最後還不都走進禮堂爲多，所以他不信，更何況世上有句名言，當愛情降臨時，任誰也擋不住的。

加上，這次他們家老大可是誓在必得，所以他更不信有人能躲得過高壓電的電力攻擊。

他肯以項上人頭擔保，這婚事是辦定啦！

睇了一眼何冰心，思藍滿臉遺憾，手不規矩地搭上她的肩膀，還想說些什麼話，卻在瞬間讓何冰心將他連身帶人地耍出漂亮的過肩摔，冰心拍拍不小心被灰塵弄髒的衣服，以鄙視的眼光對躺在地上一臉錯愕的思藍說：「不準碰我。」除了她的家人，任何男人敢碰她一根寒毛，就是找死。

「妳……」思藍不敢相信，他竟然被女人摔倒於地。

原來，外面傳聞何家小姐身懷高強武藝是眞的！不然闇龍武堂堂主的他會被人摔個跟斗？不，喔，他無法接受這個事實啊！

沒空理會自尊心受到重創的思藍，何冰心說：「我再問最後一次，這婚事你解不解？」話不多說三次，若他再不答應，她自有辦法解決。

「我的答案還是不。」看來他得讓眼前這小女子知道，只要他下定決心的事，是永遠不會改變。

「很好。」不訝異他的答覆，勾起了沒有笑意的唇，何冰心說道：「那我們就拭目以待。」不想多說，何冰心邁開腳步離開，走沒幾步便被龍銀衣的聲音叫住。

「妳怕我？」低沉渾厚的聲音夾帶不難發覺的挑釁意味。

「我怕？哈！」沒有回頭，何冰心輕笑：「在這世上還沒有我怕的事情。」更何況是男人。

「那妳爲何今早不敢與我共進早餐？」

「笑話，我爲什麼要。」他算啥人物，連她父母也不見得有這能耐。

「憑這個。」走至何冰心身旁，自口袋拿出一張照片在她眼前晃動，龍銀衣笑得邪惡。

瞪著那張照片，何冰心滿臉陰霾，沒有起伏的聲調自牙縫溢出：「你……從哪來這張照片。」

那是年少無知的記錄——一張幼時裸照。

「何伯父給的。」他不是沒義氣，而是伯父沒交待不能說，向來以誠實自詡的他當然是全招囉！

老頭子給的？

很好，很好，看來，她跟老頭子需要好好談談。「你究竟要作什麼？」他的笑容很礙眼。

「陪我吃頓飯。」

「就這麼簡單？」她很懷疑。

「沒錯。」頷首。

「好，如你所願。」丟下這句話後，她以極快速度搶下那張照片，狠狠地撕裂，踩著怒火離去。

第一戰，龍銀衣獲勝，而她敗於小時候的無知及家人的背叛。

至於洩密的老頭子，你．完．蛋．了。

數分後，何家戶長的古董室傳來一聲巨響，只見總管捧著心哀痛地以越洋電話向地球的另一邊報告最新災情損失。

唐三彩陶瓷為主壯烈犧牲，阿彌陀佛。

吃飯嘛，小意思，何冰心就不信得花費太多時間，最快十分鐘、最慢一個小時，這場餐會之約便可輕鬆結束，可是，事情似乎並非如她想像那般簡單。

吃個飯，究竟能花費多少時間呢？十分鐘？一個小時？還是兩個小時？

何冰心怎麼也想不到，答案竟然是……，唉！

抱著頭，她萬分無奈。

他們竟然從中部跑到北部吃早餐，眞是算他狠。

早上七點，說早也不晚，但是對於失眠的人而言，那算是深睡的時刻，可憐的她卻讓人從溫暖的被窩硬叫了起床，待精神清醒時，人已經在永和市，喝著台灣有名的永和豆漿，就算想抗議也來不及。好吧！早餐都吃啦！那是不是算已經履完約定，可以走人了？她才這樣想，那個卑鄙的男人竟然說人都來北部了，不去「附近」吃個知名的深坑豆腐，有點說不過去，結果，因爲人在車內不得不低頭的情勢下，他與她驅車前往「附近」吃豆腐去，在過了一個半小時後，她再次發現那個龍銀衣有夠無恥，竟然欺負她這個住在國外的台灣人。

什麼叫「附近」？是他的國文能力有問題嗎？還是她反應過度？

車程一個半小時之多叫附近？她開始有想扁人的衝動，吸氣、呼氣，在多次的情緒控制下，加上入口後，美味的豆腐分化了她的怒氣，不然她絕對不會那麼簡單地原諒他。

就這樣，他與她在深坑吃起午餐來。

下午二點，吃完飯、逛完街、作完飯後運動，可以走人了，這次她特別警告他不准再玩花樣，他也答應，終於要回家，卻發現……星期日，南下車道──塞車。

就算她常年身在美國，也不時耳聞台灣的交通有多可怕，因此，在走走停停的車陣中，何冰心的臉慢慢地出現三條黑線，嘴角也緩緩抽搐。

「你是故意的。」

「什麼？」

「你故意選這天出來吃飯！」她已經瀕臨歇斯底里狀態。

龍銀衣失笑：「我不會自找麻煩。」雖然這樣的結果讓他有點竊喜，可是眞非出自他本意。

這一切該說是誤打誤撞吧！。

「我不相信。」天啊！半個小時才動不到五十公尺，她快瘋啦！

「信不信隨妳。」看見冰心眼下的疲憊，龍銀衣抬起手揉著她的髮說：「累了？要不要先睡一下。」

被龍銀衣突來的動作嚇到的何冰心，僵直了身子，頭一偏，讓自己離開厚實手掌的溫度。「別亂碰。」

莫名的心緒，讓她有點慌亂。

「呵呵，妳的反應太大了吧！」他喜歡她的髮，好柔、好細。

「哼！我就是不喜歡人家碰我的頭。」尤其是他。女人的第六感告訴她，他是個危險人物。

「好啦！不碰就不碰，要不要睡一下。」

看看龍銀衣，在看看外面「排排站」的車子，何冰心想了數秒，最後點點頭，闔上眼準備補眠去，可是她怎麼轉來轉去，就是睡得不舒服，疲憊加上不舒適感，讓她越加疲累，眼皮也漸漸沉重，過了數十分，她終於降服於瞌睡蟲，陷入深睡。

看著何冰心的睡臉，龍銀衣眼底閃過難解的眸光。

她還眞是逞強。

早在吃完午餐沒多久，她就已經想睡卻還是硬撐著，要不是塞車磨耗了她的體力，她一定會撐到回家。

搖著頭，龍銀衣爲她的固執感到莞爾。

突然，一聲夢囈，將他的心思拉回，看著她柳眉高蹙，他貼心地將椅座調平，脫下外衣蓋在她身上。

俯視著睡夢中的人兒，手指輕輕畫過她的眉、她的鼻、她的臉，最後停佇於那張鮮紅欲滴的唇，來回輕撫。

想吻她，想親手摘下這朵火之花，想……

笑，柔柔地自唇邊綻出，止不住的躍動心跳，擋不了的眼底沉闇，他再也耐不住地低下身子，輕輕地、細細地品嚐著。

意猶未盡的吻，一而再、再而三地侵上冰心的紅唇，直至後方傳來陣陣喇叭聲，才阻止了他。

唉！要不是地點時間不對，他肯定餓到吃了眼前的美食。

可惜！

⁂　⁂　⁂

「嗯……」

「妳醒啦？」

瞇著眼，伸伸懶腰，何冰心問道：「我們已經到哪啦？」嗯！全身酸痛。

「苗栗。」

「苗栗？」在哪？離彰化還有多遠呢？「那我們還要多久才能到家啦！」

「平常是一個半小時的車程。」

「那現在呢？」

龍銀衣聳聳肩，這種事他無法預估。

「你那是什麼意思？」她有種不好的預感。

「要聽眞話？」

「廢話！」

「我肚子餓了。」

「啥？」她的問題跟他的肚子有何關係？

「塞車加上我們得吃晚餐，所以……我們可能得在下一站豐原住一晚。」

「什麼？你在開玩笑？」

「不。」搖頭，他笑得邪惡。「我已經決定了。」

憑什麼她得順從他的決定？

瞪著龍銀衣，何冰心想大聲尖叫，難道他不知道塞車很累嗎？難道他不想念自己的被窩嗎？爲什麼？爲什麼他們得外宿？

一縮一放的拳頭已經開始蠢蠢欲動，她想扁人，更想跳下車跟他說再見，可是理智告訴她千萬不可，因爲她……身無分文。

喔！我的老天爺，她堂堂一個何家大小姐，如今卻陷入這樣的困境，這究竟是誰的錯？

美眸微瞇，語氣溫度劇降：「我說龍先生，你給我記住。」

這筆帳總有一天她定會討回來。

看了一眼何冰心，龍銀衣將車子開向路肩停靠，然後深望著她說道：「我不懂，爲什麼妳對我的防備那麼深？」他們應該沒啥深仇大恨吧？爲什麼這小妮子從一見面開始就像刺蝟般？

他很好奇。

龍銀衣突來的問題讓何冰心愣住。

是啊？爲什麼？

老實說，何冰心也無法說出個所以然，她的個性雖然不是很外向，可是倒也自認懂禮貌、知進退，但是不知道怎麼回事，只要一遇到這傢伙，她所有引以爲傲的理智就會控制不了，不自覺地逐起道道高牆，不准他越雷池半步。

爲什麼？

是因爲他跟她之間的婚約？

還是因爲初次見面時，身爲女人的第六感所預告的危險讓她對他萬分防備？

想了許久，何冰心只能推測出這個理由：「不知道，可能是你這個空降的未婚夫的身分吧！」

「妳以爲我也喜歡？」

「這就是我懷疑的地方了，你的表現告訴我你是，可是你的生長背景卻讓我猜測你眞正的用意。」沒有人能夠忍受娶個害自己家庭不健全的罪魁禍首的女兒吧。

假如今天角色對換，她肯定沒有那種胸襟。

「那爲什麼不換個方向想，或許我也曾跟妳一樣反對過，只是後來喜歡上妳。」事情有很多面，不能單看一面就妄下定論。

睨了眼龍銀衣，何冰心滿臉寫著不相信：「我說龍先生，你當我三歲小孩喔！」她不喜歡被開玩笑，耍弄她的下場不是一個慘字可以形容。「我眞是想不透你的行爲，你母親的死，間接殺手可是我媽咪耶。」

「妳知道多少？」平靜的臉，看不出任何波動。

「你父親當初會娶你母親是權宜之計，但是你母親卻是眞心，當自己的丈夫心不在自己身上時，那種苦會逼死一個人。」既然要攤牌，就講得徹底，說個明白。她不喜歡有東西擱在心頭，煩悶自己。

「沒錯，問題是那是在別人身上。」

「啊？你剛剛說的是什麼意思？」她有聽沒懂。

「唉！」嘆口氣，龍銀衣以額抵住方向盤，過會，偏著頭雙眼帶著深意看著何冰心說：「妳當眞全忘了？」

「忘記什麼？」

「我們八年前曾經見過。」

「有嗎？」記憶翻飛，何冰心怎麼也沒印象。「你在作夢啊？」

看來還眞全忘光了。「妳十二歲那年我們在美國曾見過。」

「十二歲？」沉思，何冰心回想十二歲那年是她到美國後整整八年後，父母親第三次到美國探視她，還記得母親爲了讓她消氣，曾帶她出門玩耍、逛街，還有……喝茶?!

對，她印象最深刻那年有個很美麗的阿姨帶著一個溫柔的哥哥來看她。母親說那是她這生中最好的朋友，難道說……「那個小男孩是你？」

「不錯嘛！沒忘光。」那時他曾經對母親的提議不以爲然，直到見到她，他才明白母親的眼光厲害。

沒錯，那一年，他第一次見著聽聞許久的她，也是第一次明白什麼叫做一見鍾情。

十八歲的他愛上了十二歲的她。

說來有點可笑，可是從那天開始，他都會偷偷跑去看她，她的失意、她的痛苦與快樂，全納入他的眼簾也收進了他的心底，這樣的行爲直到了他二十二歲那年母親過世後才停止。

「等等，不對啊！那男孩是我媽咪最要好的朋友的兒子，而你……」好像有什麼地方不對。

「外面傳言錯誤。」

「你是說……」不會吧。「她們兩個……嗯，感情不錯？」

「錯，她們兩個不是感情不錯，而是難得知己。」好玩的看著她不信的表情。他好心地再說：

「我們的婚事也是她們兩個策劃的。」

「不會吧？」龍銀衣的母親跟她家的媽咪是手帕交的姐妹？

而且她跟他的指婚是出自於龍銀衣母親的精心安排，爲的就是能跟好友當個親家？

天殺的，這到底是怎麼一回事？

爲什麼她覺得頭好暈？

「你在開玩笑？」

「有必要嗎？」

「你說的是眞的？」

「嗯哼！」

「不……不可能。」抱著頭，何冰心混亂得很。

「節哀順變。」事情的眞相是殘酷。

「哀你的頭。」何冰心發現，她的人生自始自終都是場騙局。「你這個男人有戀母情結啊！你母親要你娶誰你就娶？」

「戀母？還好啦！」他是不介意大家這樣說，畢竟是事實。

「還好？你有沒有病啊！假如你母親要你娶個醜女你也娶啊？」

「妳醜？不會啊，至少有中等水準。」

「碰」一聲，面紙盒硬生生地「黏」在龍銀衣的臉上，慢慢滑下。「沒人要你娶。」哼，她不美雖是事實，可是自龍銀衣口中說出，她就滿肚子火。

「唉！妳以前沒那麼暴力啊！」揉著疼痛的鼻樑。

「哼，你有意見？」

「不敢，不過給個良心建議，妳的脾氣該改改。」火氣過大對身體不好。

「要你管。」笑話，他憑什麼資格對她這樣說。

「我是為妳好。」

「還眞是感動喔！」

「若能心動更好。」

「哈！你作白日夢。」

星光點點，高掛夜空的銀月也禁不住露出微笑，看著兩人一來一往的戰火脈絡。夜還未深，戰爭想來是一時無法停囉！

4

基本上，何冰心已經全然放棄與龍銀衣溝通了。

她想，吃飯不過是個藉口，綁架她出遊才是這男人眞正的目地吧！

睡飽醒來發現自己人在嘉義阿里山上，她差點嚇壞，讓人載到這裡卻毫無知覺，是她的警覺性變低？還是她眞的累壞了？

瞇著眼，打著哈欠，何冰心有些無奈地瞪著身旁的男人，誤上賊船的感覺越來越濃厚。

「喂，我們來這裡作什麼？」望過去一片白茫茫，何冰心弄不懂龍銀衣葫蘆裡頭賣什麼藥。

「噓。」眨眨眼，指腹輕觸眼前人兒的紅唇，回答了她的問題。

僅是輕觸，一股電流流過讓何冰心閃過心驚，她粗魯的推開龍銀衣的手。

「喂，再次警告你別亂碰。」很是不悅。

他是耳聾啦，明明跟他說過不喜歡別人碰她，爲什麼老是再犯，欠扁喔。

「我們上來這裡做什麼啦？」

「看日出。」

「日出？」辛辛苦苦來這看日出？這男人瘋啦？

看出冰心的不信與諷刺，龍銀衣僅是笑笑：「放心，不會讓妳失望。」

突然，四周響起數聲驚呼引起兩人的注意，轉頭，驚豔在何冰心的眼底停佇不散。只見層層雲霧波浪起伏，掩蓋附近山峰，有如小島自浩瀚大海中露出，爾後清晨曙光乍現，豔紅的朝陽輕巧地探出山頭，璀璨耀眼的光芒，撥開了雲層，照亮了夜空，爲新的一天揭開序幕！

「這就是你過家門而不入的原因？」何冰心不得不承認，這景象深深震撼了她的心。

裊裊白霧、清新空氣、火紅日影……這樣的美景在人類的破壞下，已經不再是四處可見。

「聰明。」也許是出生背景的關係，讓他厭惡了權力與財富的鬥爭，在某次的機緣下見證了大地的美妙，從此踏上這條不歸路。

他是龍家的浪子，打從十五歲那年接下龍家企業後，他便以巡視家族事業爲藉口遊走各國。不過，他承認今天之旅是出於計謀，何家人多嘴雜，不是培養兩人感情的好地方。

「如何？喜歡嗎？」

豈只喜歡，何冰心在心底回答。「看在這片美景份上，原諒你，不過，龍先生……」雲海變化多端讓她捨不得移開眼。「可不可以直接說白你下個目標。我不喜歡讓人胡亂帶著跑。」

「既然都出門了，不繞繞不是很可惜嗎？」台灣風景盡在腦中，他想與她一同分享。

看看美景、再回頭看看龍銀衣，何冰心深思一會隨即說：「可以，怎麼不可以。」沒錢又沒方向感，她還能怎麼樣？只好任人宰割，至少出錢出力的是他這個冤大頭，她沒必要拒絕享受削凱子的樂趣，再加上，她早就想好好暢遊故鄉。

「停戰？」

「停戰。」

眼神交會，擊掌爲盟，龍銀衣笑著說：「放心，不會讓妳失望。」

「很好，那龍先生，我肚子餓了。」既然眼睛已經飽嚐美景，肚子也該餵食才行。

「YES，LADY。」

※ ※ ※

人眞的不能做錯事。

當龍銀衣很有誠意地邀請她出遊，又附帶許多優沃的條件時，她怎麼還忍得下心來拒絕呢？怪只能怪她貪小便宜，想說有活動的提款機和聽話的司機，跟完全不用費心思的旅遊行程，她便「勉爲其難」地原諒龍銀衣卑鄙的行爲，與他同遊台灣寶島。

這下可好，玩上癮了，也玩出火了。

可是……這一切都是她家人逼的。

她只是個天眞無邪柔弱的小女子啊！

她絕對不是故意要惹龍銀衣生氣，誰叫他喜歡吃的東西，都是她最討厭的。

她也絕對不是故意爲了氣三位哥哥們，而強吻龍銀衣，誰叫他們要跟蹤她。

她更不是絕對故意要惹事生非，實在是那群人太討人厭了，竟然當街調戲可憐的小女子。

當然最重要的是，她也不是故意整天跟龍銀衣混在一起，誰叫他們沒經過她的同意，就把她推給他。

一點都沒將她放在眼底。

所以不能怪她也不尊重他們。

這一切的一切……

她也是千萬個不願意啊！

✻　✻　✻

在何冰心與龍銀衣吃頓飯吃了十二天還沒回來的情況下，何家三合院內恢復了平時的人氣，但見原本度蜜月的何奕慶夫妻、在公司「忙碌」的何家三位少爺，以及何張兩位老太爺和各輩人員全員到齊聚集於大廳內，召開有史以來最緊急的會議。

大廳上，兩家大老分坐上位，一邊怒罵著何奕慶夫妻倆對何冰心的指婚，一邊搥著心呼喊著「見色忘親」的寶貝孫女的名字，底下，各門晚輩則是依輩份，分列兩側，低頭乖乖地接受挨罵，沒人敢吭聲回應。

因為，連他們自己都很鬱悶。

想來，各分家哪一個不將何冰心這個女孫當寶疼，平日，只要他們有空，就會飛到美國去探望這個兩家唯一的孫女，這次，好不容易盼到她回國了，卻得面臨見不到她人的事實。

這叫他們情以何堪！

「你這個混蛋，都是你亂指婚啦！這下可好，她都不來跟我這個爺爺吃個飯，聊聊天，淨陪那個臭小子出門玩。」何天生氣呼呼地罵著兒子。

疼了二十一年的孫女就要被嫁出門那就算了，現在連人影都看不到。他能不生氣嗎？

嗚……早知道他寧願養孫女一輩子，也不要她出嫁！

不管、不管！心寶貝若再繼續這樣「重色輕爺」的話，他就反對這樁婚事。

「老爸，這事當時你自己也同意。」何奕慶鐵青著臉說道。

嗟，當初自己也說得很高興，現在全將事情推到他身上，我咧，以爲我不心疼、不氣嗎？女兒是我的耶！

「是你保證心寶貝不會那麼早嫁，我才答應的啊，可是你看看現在，她都快被吃了。」

想起心寶貝十二天沒回家，與那個男人一同出遊在外，何天生竟然忍不住想歪了。

天啊！他純潔可愛的寶貝孫女，就快變成野狼口中的小紅帽了。

「老爸，她還沒嫁，更還沒有被吃掉。」何奕慶翻著白眼回答。笨老爸，女兒若被吃了，他還有可能安神靜氣地坐在這裡被罵嗎？！

「還沒！你還敢說，她已經兩個星期沒有回家吃飯了耶。」

「老爸！」何奕慶再也受不了地叫道：「她只是跟銀衣出門玩玩，可沒睡在一起，你大可放一百個心，我有派人盯著。」

眞以爲他很笨啊！放任他們兩個玩得那麼瘋，老實說，他這個作父親的可是比在場任何人還怕女兒被吃掉。

不過……女人心還眞是妙，前一秒才惡狠狠地趕人家，後一秒便快樂地出門同遊，這……該說是他們兩個眞有來電，還是他們家的女兒個性奇怪呢？

「你確定？」

「沒錯！」

「可是……」

一旁沉默許久的張鐵漢打斷何天生懷疑：「你放心，你兒子的人手加上我的人手，保證我們倆的心寶貝絕對沒有危險。」

「你也……」微抬雙眉，看向親家，何天生火氣這才稍降。呼，既然親家都親自出馬了，那肯定沒有問題。「那麼你說這事要怎麼處理？」

「他們都是未婚夫妻了，聯絡聯絡感情無可厚非。」接過女兒泡的茶，張鐵漢沉穩說道。

「可是我捨不得啊！難道你不？」

「捨不得也得捨得，我們都老了，底下的毛小子們也有自己得忙的事，趁現在我們還有些力氣時，將「心」寶貝的未來安排一下不是比較好嗎？」

「你這樣說是沒錯，只是，那個小子可靠嗎？」近年來他的傳聞，讓何天生禁不住懷疑當初的眼光。

「人是你選的，有點信心吧！」張鐵漢安撫著好友說道：「而且，我看那小子的眼神，很乾淨，值得我們將心寶貝交給他。」

「現在該擔心的是冰心，不是銀衣。」何奕慶忍不住出聲打斷。

他向來就不認爲自己對龍銀衣看走眼，可是對於女兒的反骨，他瞭若指掌。

「怎麼說？」張鐵漢問道。

「奕慶怕冰心是爲了氣我們，才故意跟銀衣走近。」張雨婷凝著臉幫丈夫回答。

「你們是說……」

張雨婷跟何奕慶同時點點頭，想到女兒的反叛，他們夫妻倆就頭痛欲裂。

「哈哈哈，原來心寶貝不是真的見色忘親，好、好、好！不枉費我的寵愛。」何天生大笑。

「哪裡好啊！」何奕慶愁雲滿佈。

「到底怎麼了？」敏銳的張鐵漢查覺到問題所在。

「你們大都知道近來冰心的所作所爲吧！」

眾人點點頭，那小妮子的偉大事蹟想不知道都很難。

天底下沒有幾個像她一樣，上PUB玩，卻玩到與人打架圍毆；上山看夜景，會看到扯進槍殺案；連最安全的逛街，都能逛到和敵幫人馬對陣，從中台灣玩到南台灣而已，她的豐功偉業卻已經轟動全台灣，這等功力相信沒有人比何冰心更神。

不過，這些事還算小case，只要亮出他們兩家名號便可以擺平，問題就出在這些事後所隱藏的危機。

「不覺得奇怪嗎，爲什麼二十幾年來我們極力保護的人，卻在短短幾個星期內曝光。」

「你的意思是說有人想動冰心？」大掌落下，雷聲再起，何天生怒不可遏。是誰？是哪個不知死活的混小子，竟敢打他心肝寶貝的主意。

「嗯，根據消息，已經有人在蠢蠢欲動。」而且還不止一個，是卡車的仇人！而這一切都該歸功於他們的家族事業有成。

「管他是誰，毀了那些想動冰心的人。」天大、地大，也沒有他家「心」寶貝大。這百年難得的孫女，他可是疼到骨子裡。

倘若別人傷她一絲，他就要對方用九族來賠！

「爸，這些事你放心，我會處理，不過我在想……」停頓一下，何奕慶難掩不捨地說：「是不是該先將冰心跟銀衣的婚事辦一辦？」

「現在？我們跟龍家不是約定好六個月後冰心生日那天才辦嗎？」何天生與張鐵漢互看一眼，隨即問道。

「是這樣沒錯，可是我想夜長夢多，若先將他們婚事辦好，這樣冰心又多一份保護。」依夜神幫的勢力或許能震動台灣黑道，可是，百密總會有一疏的時候，因此力量越多越周全。

「嗯……」何天生低忖，雖然他內心極力反對，可是爲了寶貝孫女的安危，就算不願意也得點頭，只是……，他轉身問問親家：「你說這事可妥？」

張鐵漢靜思了一會，緩緩說道：「奕慶，我看這事就交給你們全權處理吧！」

「啊？」何奕慶瞪著岳父大人。

哇啊！高招，不愧是老狐狸，將事情推得乾乾淨淨。

全權處理？我看是將我們推進火坑吧！

他的頭越來越疼，眼前彷彿已經看到火山爆發的場景。

婚禮？

天啊！到時可千萬別變成地獄！

✻　　✻　　✻

夜很美，海，還算平靜。

何家緊急會議中的兩位主角——龍銀衣與何冰心正在高雄魚港，看著星星、聽著海浪、吃著海鮮大餐，悠閒得不得了。

「慢慢吃，不會跑掉。」看著何冰心餓極的模樣，笑意爬上龍銀衣的嘴角。多日來的相處，讓他明白了她的個性——紙老虎一個。

她的火暴脾氣只是她的保護色，好奇心強、玩興高才是她眞正的個性。

這一路上，撇開某些事來說，他與她的相處模式算是有進步，至少，他們不再像以前那樣針鋒相對，而他喜歡這種改變。

「嗯，這玩意還眞不賴耶！」舔著手指意猶未盡，何冰心揮手招來店家點菜。「喂，你覺得那個該清蒸、紅燒還是用炸的較好吃？」指指水族箱內的螃蟹，她眼也沒離地問著身旁的龍銀衣。

哇啊！好大隻喔，一定肉肥汁美，她都快流口水。

龍銀衣笑看著何冰心滿臉嘴饞的樣子。「各有風味。」

「你要『一蟹三吃』？不好吧，菜吃得完嗎？」

知道吃不完還點，龍銀衣莞爾：「看妳喜歡囉。」

「我就是無法決定才要問你啊，給個意見吧。」選擇題向來是最讓她頭疼。

「那就清蒸吧。」眼簾微闔，掩住一閃而過的算計。

「嗯，我知道了，老闆，來盤紅燒螃蟹，我要那隻大隻的喔！」

果然，又來了。就口的杯子掩飾住龍銀衣的微笑。

從頭到尾，這小妮子就愛玩這招，只要他說東她就選西，這路上已吃過許多虧的他早已經想好對策方法，要玩大家一起玩吧。「再來妳想去哪玩？」

「你決定就好。」台灣她不熟。

「那就去台東泡溫泉。」玩了十幾天，是該泡個溫泉消除疲勞，這樣才有體力繼續旅途。

「好啊。」她完全沒意見。

哇啊！好香。光是用聞的就讓人垂涎三尺，台灣果然是美食天堂。

這趟旅程，她的味口著實讓龍銀衣給養刁了。

「怎麼了？」這樣熱情的看著他可是會讓他誤會。

「我不懂，身爲蒼龍集團的負責人，爲什麼那麼閒？」根據資料所述，它是個龐大組織，照理來說事情應該不少，爲什麼這傢伙卻有空陪她玩樂？

「一個公司若需要龍頭隨時坐鎮才行，那底下養的那些不都是廢物。」

何冰心想想也對，只是她總覺得哪裡不對勁卻說不出來。「你平常的生活就是四處玩？」眞是超優的職位。

「還好。」

「嘖，下次有這種肥缺記得通知我。」

「嫁人不是更好嗎？在家當個『閒妻涼母』。」

「是喔！我還閒閒在家被晾著當古董的女人咧。」不是她對結婚反感，而是對現今社會中十對裡有八對婚姻失敗的現象沒興趣。

「那麼消極？」一點也不像她的個性。

「不是消極，只是懶得做沒把握的事。」接過老闆捧來的紅燒螃蟹，冰心說道。

「對我那麼沒信心？」他的安全感不夠？

何冰心沒有回答，只是夾起蟹肉慢慢品嚐，鮮嫩的味道讓她沉浸於品味美食中的幸福，絲毫沒注意到一旁臉色鐵青的龍銀衣。

他的魅力竟然比不上一盤紅燒螃蟹？

眼底閃過難解的眸光，龍銀衣挨近何冰心身旁，推開桌上的食物，將她扳向自己，輕巧地勾起她的下頷：「這是妳忽略我的代價。」

「啥？」

何冰心尚未反應過來，下一刻，只見龍銀衣低下頭，吻上她的紅唇，強制地鎖住反抗的雙手，以炙熱而狂野、霸道卻不失柔情的深吻，侵占著從一開始便只屬於自己的領地……他要她這朵火焰花，在他的眼底綻放出最耀眼炙人的熱情，他要她……永遠只屬於他……

呵……火啊，可以熾人，也可以戀人……

✱ ✱ ✱

他竟敢強吻她？

還當著許多人面前？喔！我的上帝，她的面子全丟光啦！

一想起稍早的畫面，何冰心就忍不住摀住臉挫敗呻吟。

混蛋龍銀衣，他是哪根筋錯亂，她哪裡有忽略他啊？竟然亂誣蔑她，好吧！她承認她有點貪吃，可是這又哪裡犯了他？

孔子有曰：「食、人之天性也。」難道他不知道？他就不吃東西？竟然以此藉口狠狠地吻她，害她有生以來第一次暈倒在眾人面前。

噢！那個混蛋加三級，她恨死他啦！

最叫她懊惱的是，她竟然沉醉在他的吻裡，忘了反抗，任由他的侵略、佔有！

猛掄著枕頭，何冰心越想越氣，恨不得手中的枕頭就是那個人的頭，讓她扭下當球踢，極度忿怒的她絲毫沒有注意到一個腳步聲的到來。

倚在門邊，龍銀衣看著她的行為笑著說：「那個枕頭跟妳有仇？」打得這麼用力。

隨著聲音來源望去，何冰心見到仇人份外眼紅，指著他氣得差點說不出話：「你……你……你這個混蛋。」話一說完，手中的枕頭也隨之飛去，卻叫龍銀衣輕易閃過。

「就算看到我那麼高興也不用拿枕頭歡迎我吧！」她似乎有丟東西的習慣，不好不好。

「歡迎？我恨不得將你粉身碎骨。」

唉！看來氣得不輕：「我也不過是跟妳討個利息。」

「利息？」

「前幾天妳當街強吻我。」嘴角勾起邪氣的笑容。「我想要點利息不為過吧。」

何冰心聽了差點氣到岔氣：「利你的頭啦。那次已經跟你解釋過理由，你自己也沒反對，竟敢還跟我算利息！」他是放高利貸啊！

「不行嗎？」邪氣再添，他步步趨近，雙眼有擋不住的企圖。

「你……」她氣得咬牙切齒，直覺想給他個巴掌，以洩心中怒火，奈何明白自己理虧在先，讓她的怒氣減弱不少。「好，這次算扯平，下次你再敢犯規，我們就走著瞧。」

哼！算她倒楣，等下再去買瓶漱口水消毒消毒。

看著她的表情，龍銀衣輕笑起來，果然沒讓他失望，她強忍怒火的模樣眞是可愛極了，不枉費他苦心惹怒她。

「笑什麼笑，你牙齒白喔。」去。

「別氣了，要不要出去走走，晚上的夜月不錯。」見好就收的道理他可是精得很。

「不要。」偏過頭，冰心嘟著嘴說道。

她還在氣上頭，絕不跟卑鄙小人出門。

「眞的不要？高雄的夜市很有名。」

「不關我的事。」哼、哼，她絕不妥協。

欸，餌下得不夠重，再來。「眞可惜，聽說那邊的小吃不錯。」

「那又怎麼樣。」大不了下次她自己來吃。

「當眞不要？」

「我說不去就是不去。」煩。

果然是近朱則赤、近墨則黑，他越來越像那個「雜唸」的思藍。起身，何冰心走向龍銀衣，想將他推出門外，誰知道腳步一急，卻讓自己的右腳絆到自己的左腳，失去平衡地往前傾倒，雙手下意識地在空中尋找支撐，卻因爲慌張撞進一個寬厚的胸懷裡。

呼，好險好險，差點就丟臉丟大了。

捉緊浮木，何冰心邊順順氣邊慶幸自己的好運。

突然，淳厚帶笑的嗓音在她耳邊響起，抬頭望進深邃眸子，她嚇呆了：「啊，誰叫你抱我的！」出自直覺反應，何冰心想也沒想喊道。

「是你抱我吧！」什麼叫作做賊喊捉賊，看看現在這情況就知道了，龍銀衣深望了環住他腰部的手說道。「小姐，請問妳的手放在哪？」

「我的手當然是……」話在瞥見「兇手」的瞬間消逝。漲紅了臉，何冰心急忙地抽回手，氣憤加上尷尬讓她失去了平時的伶牙利齒：「我……我……」

她竟然……她竟然……

是錯愕、是慌張，何冰心失去平時的冷靜，腦中一片空白。她呆愣的模樣，讓龍銀衣的嘴角扯開邪意的笑。

小紅帽自己送上門，這下子大野狼不吃都覺得對不起天地囉……

趁著某人意識尚未清醒，魔手大刺刺地摟住細腰，低下頭，吻上紅唇，上癮似的吸取懷中馨香。

「你……你放手……」

可惜上訴無效。

只見龍銀衣加重雙手的力道，壓住掙扎的身子，似狂地侵略。自耳、唇、潔白的鎖骨，最後落於胸前。

大膽、毫無忌諱地宣佈所有權。

何冰心嚇呆了，從來沒有人敢這樣對她，更叫她恐懼的是，她對他有股莫名的情緒在心底發酵，致使她無法如以往的冷靜。

不會吧？他的吻，叫她沉落？

這怎麼可能？

何冰心眞想直接暈倒，逃避這可怕的想法。可惜身體不聽使喚無法如願，眼一橫，她用盡全力，手腳並用地逃開龍銀衣的箍禁，然後將他推出門外，狠狠地甩上門深鎖，靠著門板緩緩滑落於地，雙手摀臉呻吟——天啊！問題大條了。

第二戰，何冰心再次慘敗。

5

有生以來，何冰心第一次落慌而逃。

忿怒、難堪、還有察覺到某種情緒的萌芽，嚇得讓她不顧身無分文地連夜逃離。想起自己狼狽的樣子，她滿腔鬱悶。

爲什麼每次過招她總是敗給那傢伙？

因爲他的氣勢？不，不可能，在美國，她算是交友廣闊，有權有勢的人她也認識不少，追求她的也不在少數，可是都能輕鬆打發，爲什麼？爲什麼碰到龍銀衣，她卻全盤慘敗？

她承認，對於家人她永遠是少了耐心，可是爲什麼就連龍銀衣她也無法如同對待旁人般的冷淡？爲什麼情緒總會隨著他的舉動起伏？

揉著雙鬢，何冰心陷入苦思。

突然，滴答滴答的聲音響起，驚得她抬起原本低垂的頭，滂沱大雨自天而降，叫她傻了眼。

怎麼回事？怎麼突然下起雨了？剛剛天氣還好好的……難道……連老天爺都在欺負她？

再低不過的情緒，讓何冰心失去控制地「仰天長嘯」。

龍銀衣，我恨死你啦！

何冰心還沒喊夠，突然，數個身影自四面八方而來，團團圍住她。

帶頭的金髮年輕人輕蔑地看著眼前嬌小的身影，出聲問道：「妳是何冰心？那個夜神幫有名的神秘大小姐？」

怎麼看都不像，那柔弱的樣子，有可能是前陣子道上傳聞塵囂一口氣扳倒四、五個大漢的女人？

他萬分疑惑。

看了眼那金髮少年，何冰心收起剛剛失控的情緒，只是輕柔的聲音藏著無法預知的燃點。

「有事？」

「我們家老大想請妳喝個茶。」算啦！寧可錯殺不可錯放。

「沒興趣。」笑話，她不是任何人邀請的起。要喝茶？等下輩子再考慮。

「滾。」

金髮少年搖搖頭說道：「小姐，女人脾氣太壞可是會惹人厭的喔。」

說她脾氣壞？有膽量。冷笑自何冰心嘴角溢出：「男人若太白目是會被扁的。」語氣有藏不住的警告意味。「別讓我說第三次，滾。」她現在心情不好，再惹怒她後果不負責。

「不好意思，我們得帶妳回去。」

話一說完，彪形大漢縮短距離，直逼何冰心而來。

望著他們勢在必得的神情，燦爛的笑容點燃何冰心細緻的臉，雙手緊握卻透露出火山沸點已達極限。

想玩？很好，她奉陪。

輕笑一聲，笑容瞬間消逝，狂怒自全身散發，毫無預警，凌厲的側踢招呼而去，哀叫聲在夜裡的公園不斷傳出，金髮少年看著自己人依序倒下，原本存有的懷疑全在何冰心快、狠、準的招式中煙消雲散。

她比傳聞中還要厲害。

不行，得出絕招。念頭一起，金髮少年自懷中拿出手槍，對準著何冰心說道：「別動。」

滿意地看著何冰心乖乖停手，金髮少年這才仔細打量著目前狀況，當他發現帶來的人全都躺在地上時，頭皮忍不住發麻。

呼呼，還好他有準備，就算拳腳厲害的人也不得不向「它」低頭。

大口地吸口氣，他強迫自己不能怯場：「何小姐，我們也不過依命行事，給個方便吧！別為難我們。」硬的不行就來軟的，先將事情說明白，免得以後她找錯人，麻煩。

「憑什麼？」看著指著自己的手槍，何冰心輕笑：「就這個？」以為她沒看過喔，對於在美國長大的她而言，這玩意她早就玩膩啦！

「不，還有這個。」

突然一個聲音自後方響起，來不及回頭，黑暗已經截取她的意識……

怎麼可能……她被偷襲了？

＊　＊　＊

外面是豔陽高照的好天氣；但是位於高雄最高級的五星級飯店內卻是冷風颼颼。

「什麼！」

不帶一絲溫度的口氣，讓在場所有的人莫不膽顫心驚。

「冰心小姐不見了。」被龍銀衣指派暗中保護著何冰心安全而失職的思藍，面帶懊悔請罪著。

要不是半路讓人絆住，想他堂堂道上有名的闇龍武堂堂主怎麼可能會將人跟丟？

「那麼……是誰？」

身處暗處的裔紅，一臉狼狽地回答：「對不起！還沒有查出來。」

「沒有查到……」右眉一挑。龍銀衣的語氣再降數十度：「裔紅！你近來的日子太過悠閒了嗎？」

敢情他這個負責收集情報的左使者是混假的？

對於主子的諷刺，裔紅無言以對，不管怎麼說，無法立即掌握到敵方的行蹤是他的過錯。

「何伯父他們知道這件事了嗎？」

「正在路上。」想起電話那頭的怒火，思藍便同情那個綁匪。

惹火了「龍」，還有夜裡的索命閻羅，相信來日不多了。

低吟數秒，龍銀衣緩緩開口：「十分鐘內將人揪出來。」不待手下的回覆，龍銀衣一個揮手撤下他們。開門聲及雜亂的腳步聲紛紛響起。

一會兒，當室內陷入一片寂靜，龍銀衣站起身走向窗邊，那雙黑如子夜的烏瞳穿過玻璃落在遙遠的另一空間。心中迅速地過濾著可疑人物的名單。

竟然有人膽敢自他龍銀衣的身邊帶走他的女人?!眞是不想活了!

眼底閃過殺氣，龍銀衣平生第一次覺得如此憤怒及……無措，他無法相信向來隨心所欲的他竟然會有手足無措的一天……

相信說出來也沒人會信，可是他眞的害怕，害怕這次的疏忽將造成永遠的痛苦。

該死，他怎麼會讓這種事發生。

那晚，他清楚自己已經攪動了她的心湖，所以才任由她趁夜逃離，靜靜地去思考自己的心，沒想道……他竟然弄丟她，該死!

一想起他接到裔紅的電話趕到公園，發現她的外套卻不見人影時，那股有生以來的第一次恐懼差點讓他掀了整個高雄。

他以爲有人跟在她身旁應該不會有事，看來，他是高估了自己。

就在他萬分自責之際，房門「碰」聲被撞開，回頭一望，何奕慶的怒火直入眼底。

龍銀衣沒給何奕慶開口的時間，他彎下腰，嚴肅地說：「對不起。」

人在他手中弄丟，這責任他得擔起。

「不關你的事。」何奕慶煩躁地揮揮手：「有任何消息嗎？」

近日來，他們夜神幫挑盡各敵幫，爲的就是保障何冰心的安全，哪知還是百密一疏，還是出事了。

這下子，家裡那些人不鬧翻台灣才怪。

「沒有。」

「該死，要是讓我知道是誰做的，我一定要讓他很好看。」誰不動，竟然敢動他們家的寶貝，哼，看來他們是閒日子過得太好了。

微垂眼廉掩住眼底濃郁的殺氣，龍銀衣問道：「伯母呢？」

深望龍銀衣一眼，何奕慶原本蹙緊的眉頓時舒展開來，他輕笑地回答說：「她出去走走。」

走走？在女兒被綁架的時候？

笑不經意地爬上他的嘴角，原本高懸的心緩緩落下。看來，未來的丈母娘親自出馬了。

✻ ✻ ✻

痛！

頭部傳來的痛感，讓何冰心原本因爲迷藥的關係而渾沌的意識清醒大半。睜開眼，來回環視著著四周環境，何冰心頓時明白自己是眞的被綁架了。

她今年是流年不利嗎？

連在公園想個事情人都會出事？嗟，只要她平安逃出一定會去廟裡拜拜祈福。

唉，想不到家人向來擔心的事還是發生了，她不難想像家裡目前的情況，還有那男人的暴怒……

欸？等等，他生不生氣關她什麼事……

甩甩頭，何冰心試著將龍銀衣的身影甩出腦海。

不過，綁她的人是父親的仇人？還是……

滿腦的疑問在得不到解答下，乾脆撇開不想。撐起疼痛的身子，何冰心開始仔細地環視著四周；只見四壁聳立，獨留一個高處的小小窗口讓陽光宣洩入內。空氣中則是夾帶著一股鹹味……

嗯……這裡是海邊附近？

抬起手看著手錶的分秒針停在四點十五分，那麼，她被捉的時候大概是在兩點四十分左右，扣掉她昏迷不醒的時間那也就是說這個地方應該還在高雄附近。

唉！這次眞的不用懷疑了，她確定自己回國時間沒有看好黃道吉日，才會回台灣沒多久便先後發生這麼多事，她可以開始想像等她被救出後即將面對的第一件事便是被捆成包裹火速送回美國。

該死！她又招誰惹誰了？爲什麼麻煩事一堆。

突然，一陣腳步聲拉回何冰心的思緒，逼得她不得不先壓下滿腔的雜亂，閉上眼假寐。

「幹，我叫你帶個女人回來，你卻八個人走出去，七個人躺著回來，幹，你怎麼不也進醫院！」

陣陣咆哮，伴隨著腳步聲越加靠近，就在吼聲暫歇之時，鐵門「碰」地一聲打開了。

胡偉瞇著眼看著地上嬌小的身影，掄起拳頭的手毫不客氣地往手下頭上打下去。

「媽的，你是廢物啊？竟然連這種弱不禁風的『查某』人都搞不定？」氣死了，這事若傳出去，他的面子要往哪擺。

媽的，要不是這陣子夜神幫抄了他的地盤，讓他面子掃地，想給個教訓，他哪容得女人出現在他地盤內。

手下的窩囊，胡偉越想越氣，毫不客氣地踢了何冰心一腳：「喂，女人，給我起來。」

皺著眉，何冰心反捉住胡偉踢過來的腳，用力扯下。

沒品的男人，竟然打女人。

怒氣騰騰的胡偉被她突來的動作嚇了一跳，迅速跳離。

「該死，你沒綁住她？」他吼著身旁的小弟。

「我……我……忘記了。」

「忘記？幹，我怎麼會有這麼笨的手下？」胡偉氣得說不出話。廢物，淨是群沒用的廢物啊。

「女人，誰准妳碰我的？媽的，又是一個腦袋裝大便的愚蠢女人。」

他出口閉口的三字經，讓何冰心皺緊眉頭。

「怎麼，女人惹到你啦，左一句女人，右一句女人，你不是女人生的啊，我就是要碰你，看你敢把我怎樣？」倒楣，竟然被神經病挾持。

「幹，妳是人質還敢這麼囂張？」

囂張？還好吧，在他打了她後沒讓他好看，她對他已經夠溫和了。

何冰心白了胡偉一眼後便不再理會他，她站起身來揉著疼痛的肋骨，對於胡偉的鬼吼鬼叫視若無睹。

「女人，妳是沒聽到我在說話嗎？」敢忽視他？很帶種嘛。

瘋狗一隻。何冰心連看他一眼都懶。

高傲的態度，鄙視的神情讓胡偉火氣直升，他低吼一聲，拳腳出籠，一拳一腳全往何冰心的要害攻擊，毫無憐香惜玉。

何冰心也不是個省油燈，她以柔化鋼，以守爲攻，化解了胡偉的暴戾，逼得他越加煩躁，破綻百出；見此情形，何冰心的嘴角釋出冷笑，轉身躲過凌利的腿風，反手一擒，細長的指甲在胡偉的臉上畫下血絲。

「嘖！」推開何冰心，手背撫過疼痛的臉頰，胡偉笑得陰森。

功夫不錯嘛，能夠傷得了他，可惜卻是個女人。

脫下衣服，活動著筋骨，濃重的殺氣自胡偉的身上擴張。

對於他的殺念，她僅是輕哼一聲。

「呦！不錯嘛！敢哼我？」她的勇氣，讓他開始佩服，不過……拳頭握緊，他討厭女人的毛病不輕。「接下來，就希望妳別讓我失望。」要不然，哼哼！

「就怕你讓我唾棄。」何冰心反諷。

論武技，她絕不會輸給那個男人，可是體力上的差距卻不容忽視，再加上對方不是簡單人物，照這情形打下去，這仗會打得很辛苦。

「哈！有膽識。」

「你也不賴，敢動我。」

「哼，有什麼不敢，是你家老頭先惹我的，沒事跑來我的『角頭』亂。沒給他個顏色看看以為我胡偉好欺負。」想到他就滿肚子火氣。

「那是你們的恩怨，關我什麼事。」果然，如她所想。

揉著眉心，何冰心有股衝動想大吼幾聲，為什麼每次倒楣的都是她！

「哈！妳是夜神幫內重要的人物，不抓妳開刀，還有誰最適合。」笑話，要打人前當然要抓住對方的弱點。而她……正是夜神幫內最重要的人。

「是喔！承蒙你看得起，可是不覺得手段有點不齒嗎？」捉個柔弱小女子來威脅敵人，廢物一個。

「不齒？」胡偉大笑：「只要能達到我要的目的，什麼手段都可以。」

「那就要看你有那個能耐嗎？」何冰心不屑地說道：「有種就跟我單挑。」

「有意思！」

就在氣氛緊張的時刻，一個小弟匆匆跑了進來，他滿臉慌張地在胡偉耳邊低語，只見他的臉色凝重了起來，爾後又笑開了臉。

哼！來得正好，他手正癢。「我警告妳，臭娘們，給我乖乖待在這裡，不然小心我作掉妳，免得看了煩。」丟下這句話後，胡偉帶著手下轉身離開。

「碰」一聲，鐵門再次被深鎖。

雖然不解情勢急速的轉變，可是何冰心心裡有點底，看來是她家的人找到她啦，不錯嘛，只花了三個小時。

活動著筋骨，銳利的眼神閃著笑意，她拿下髮夾走到鐵門前，不到數分，鐵門應聲而開。

唉呀！原來她那群三派九流的朋友也是很有用處的。

瞧，神偷教的開門手法不賴吧！

何冰心拍拍衣服的灰塵，得意地走出鐵門。

自由，我來了！

6

雨絲絲飄落著。

顆顆透明珍珠打在翠綠的芭蕉葉上，發出聲聲清脆的滴噠，彷彿大自然的樂章，在何冰心的心中迴盪再迴盪。

慵散地半臥坐在圓形窗台上的何冰心，烏黑的雙眸空靈地迷失在窗外的綿綿細雨中。纖纖玉手，像隻隻淘氣的精靈，戲玩著窗外的雨。

好無聊……

打著哈欠，何冰心發現，下雨的世界很美，卻也過於靜謐。

好動的靈魂是受不了箍禁，偏偏這次，她是眞的被囚禁了。

啊～～哈欠再起，這次何冰心整個人全趴在窗框上，全身無力。她想出門，可是自從五天前的綁架事件後，她的房門外站滿了保鑣……都是那個匪徒的錯，要不是他綁了她，她也不會遭受這種待遇……

天啊！她快被悶壞啦！眞想扁那個惹麻煩的人，那天要不是母親的眼淚及龍銀衣的怒氣嚇壞她，她哪有可能跟胡偉就這樣善罷甘休，還得忍住怒氣，眼睜睜地看那個綁匪從她身邊走開；不過……第一次見識到龍銀衣生氣的樣子，何冰心至今心有餘悸。

當時，在她開啓門走出外面時，只見一群人迅速地圍住她，還來不及反應，便被其中一雙有力的手臂抱住，絲毫沒有空隙地圈住她的身子，彷佛要將她緊緊坎入骨骸內，待她抬起頭看見是龍銀衣時，罵人的話也在發覺對方莫名的顫抖的同時消逝。

堂堂闇龍龍頭竟然在發抖？

她再怎麼想破頭，還是不懂，不懂龍銀衣的害怕爲何而來，不懂那時的自己爲何在他的懷中有種心安的感覺……不懂啊……

就像她不懂，自己的心爲什麼想到他就紊亂不已。

「怎麼？那麼安靜？」

低沉渾厚的聲音自背後傳來，拉回了何冰心的思緒，她連頭都懶得抬，對啊！她差點忘了，除了外面的看門狗外，還有一個典獄長——龍銀衣，全家一致表決通過，點任二十四小時全天候盯住她的黏人精。

「不行嗎？」嘖，管家公，眞像鬼魂，說人人到。看著他的笑臉，冰心怎麼也聯想不到眼前的龍銀衣與那天跟綁匪對打的人是同一個。

以一對十打得對方落荒而逃還能不傷寒毛全身而退，果然是闇龍龍頭。

「可以，只要妳乖乖的，別亂跑，怎樣都隨妳。」

白眼直掃過去，何冰心受不了地說：「你夠了，當我是小孩子？」拜託，她不是平安回來了嗎？大家的反應有必要這麼大？

喔！這樣的生活比被綑綁送回美國還要糟。「你們嘛幫幫忙，總不能這樣關我一輩子吧！而且這次出事也不是我的錯，那是因爲我家老頭子他們搶地盤惹的禍，我只是遭到池魚之殃。」眞是倒楣。

「假如妳在外還會有危險，這不失是個好法子。」

「你……」

「我是認眞的。」想起那日的感受，龍銀衣發誓絕不允許這件再次發生。

「你們全瘋啦！我是人，我有我的行動自由。」開玩笑，關一輩子？那不如先殺了她。

「想要行動自由？可以，妳得習慣我隨側。」

抱著頭，何冰心發覺她快瘋啦！「拜託，你不會煩嗎？」她光想就覺得累。「反正一句話，我是不會因爲別人而斂起自己飛翔的羽翼。」

她的話中有話讓龍銀衣笑開著臉：「我從來沒說過要妳改變自己，只是要讓妳明白，從今爾後，妳的天空必須有我。」

「我覺得你很奇怪，爲什麼要強迫我去接受你？」

「強迫？」抬眉。「我有嗎？我只是要妳看清妳自己。」

炯炯有神的眼直入人心，何冰心愣住。

看清自己？「我不懂。」她有什麼看不清的嗎？

龍銀衣不語，只是指指冰心的心。

有些事是明講不得。

手不自覺地撫上心口，冰心滿臉疑惑，突然……像是想到什麼，嚇得她臉色倉白，拉遠了與銀衣之間的距離。

她的心……

不！她還不想去碰觸被深埋的答案……

可惜門鬆動了，再也藏不住門內的秘密，她清楚地知道，這次她再也躲不了了。

安靜的日子，會讓人想很多，就連她不願意去思考的，也在這幾日想得透底。

這個男人……成功了。

他讓她，爲他心動……該死的千眞萬確。

看著她恍然大悟的表情，龍銀衣知道牌桌上的牌已經攤開了，就看她接不接受結果。

「要妳承認眞的有那麼難嗎？」

閉上眼，冰心緩緩地反問：「爲什麼？爲什麼是我？」他對她的深情她不懂。

「一見鍾情，妳信不信。」

「你？可能嗎？」

「妳知道嗎，妳最大的缺點就是……自我。爲什麼不可能？」

「我……我……」何冰心也想不出爲什麼，只是她的感覺就是不可能。

面對他的攻勢，何冰心節節退敗。

她深刻了解，這次眞的是……全盤皆輸。

✻　　✻　　✻

夜深了，明月高掛，晚風徐徐。

龍銀衣放輕腳步來到何冰心的床頭旁，闇黑雙眸藏不住濃厚的情愛，深望著床上人兒，想起稍早她的問題，他禁不住輕笑起來。

爲什麼是她？

老實說，這句話龍銀衣也問了自己十年。

尚未見過她時，在母親每日不厭其煩地讀著好友來信時，他知道了她的存在，隨著時間長久，雖然沒見過，卻也讓他對她有些了解。

那天，他還記得，天很晴、風微涼，母親趁著父親出遠門辦事時，拉著他避開所有保鑣，跟那名聞名已久的阿姨見面。母親高興的神情他記憶鮮明，至於他，他那初見冰心時的心悸牽扯至今。

連他自己也不置信，他對她會愛得那麼深。

這幾年來，只要他一有空，便會飛到她身旁，默默地守候著她，她的笑、她的怒、她的狂都讓他一一地收藏於心底，烙了印，怎麼也抹不掉。

手指輕輕滑過床上人兒雪白無暇的臉，龍銀衣的眼光柔了數分。

說出來有誰能相信，她的笑容只花了數秒便奪走了他的心。

愛情啊！呵……還眞是說不清。

✻　✻　✻

夜風輕拂，涼意四起，沖淡了白日的悶熱，帶來夜晚的清沁。

在何家佔地廣大的三合院庭院裡，何冰心正一臉悠閒地臥躺於竹椅，放任自己的身體與心靈遨遊於天地萬物之中，欣賞著夜的靜美。

多日來的驚嚇，讓她筋疲力盡，後悔回國。

可是……當初她若不被送出國，是不是就不會發生這種事？是不是就不會有這麼多的事端呢？

唉！時光無法倒流，目前的她只想回美國。

等等……回美國！像是想到什麼，原本微闔的雙眼遽地睜開。對！她該回美國，回到那個人的身邊，因爲只有在「他」身旁，紊亂的心才能得到安寧，可是……躍起的身子頹然地躺回椅子，何冰心明白，就算回去又怎麼樣，能抹滅她波動的心湖嗎？

閉上眼，萬般思緒在心底衍生、竄流，亂了何冰心向來自傲的冷靜。

事情為什麼會變成這樣呢？她不過是想回國探親，怎麼會發生這麼多的事？

唉！好煩喔！

突然，一陣腳步聲由遠而近，驚擾了何冰心，她眼簾微掀，隨即又閉目養神。

又來了，他還眞的是貫徹自己的諾言，要她習慣他的存在。

「有事？」待腳步聲停在她耳邊，何冰心懶懶地開口問道。

「難道沒事就不能來？」接過傭人送上來的茶水，龍銀衣選張離何冰心最近的椅子坐下。

「我可以說『不』嗎！」撇著嘴，何冰心厭惡地說道：「你近來不是會很忙？」早上聽父母說他有事要忙可能無法來時，她還偷偷喘了口氣，誰知道才沒幾個小時，他又出現了。

「哈！看來妳倒是挺關心我的嘛，還會打聽我的消息！」不理會何冰心的揶揄，龍銀衣喝口茶笑道。

「本姑娘打聽你？你未免把自己想得太美了。」何冰心冷哼。

「既然沒打聽，怎麼會對我的事瞭若指掌呢？」

這下，她冷笑得更嚴重了。

「原來你不知道自己在這裡佈下多少爪牙？在滿是你的人的環境下，你大少爺的事蹟，不用打聽也聽得到！」

昨晚的那場對談，讓躲在門外偷聽的家人們竊喜不已，直嚷著女大不中留，從她一起床後，便每幾分鐘就自動報告龍大少爺的行蹤，煩得她火氣快上來。

嗟！當她是白癡啊！

好友早就已將龍銀衣個人資料與此次回台灣的目的整理成冊遞交給她了，關於此人什麼德行她比任何人還清楚，她家人竟然還以爲她不知道。

嘖！龍銀衣，你的名字叫麻煩。

「那我得感謝這些人囉。」也學何冰心閉目養神，修長的腳抬上桌面上。

「聽說妳今天心情不好？」

聽說？又是哪個人跑到你那多嘴？我咧！最近是在流行「聽說」嗎？對天翻一下白眼，何冰心滿臉不屑。

眞當她遲鈍呀，又不是不知道父母對龍銀衣有多喜愛，她就不信，她每天的一舉一動沒被記錄送至他面前才怪。

可是，她眞的想不通，像龍銀衣這種人到底是有何種魅力，能在短短的時間內將她家上上下下、不分老幼一一收服。害得她每天一睜開眼就得接受周遭親朋好友們連番上陣的洗腦，說到最後好像不嫁給他是她何冰心三生的損失。

嗟！若眞的嫁給他才是她三生的不幸。

「可以麻煩你別再收買人心，請他們停止跟蹤好嗎？」全家人幾乎都成爲他的眼線，煩都煩死。

「沒有辦法啊！誰叫我太有人緣了。」他攤攤兩手，一臉無賴。

有人緣？看了眼龍銀衣，何冰心發現她快吐了，這個人的臉皮還眞的不是普通的厚，這麼噁心的話也說得出口。「雜事忙完了？」爲免得待會嚴重脫水，換話題。

「差不多，就剩魚兒上鉤。」

「好玩嗎？」玩著頭髮，何冰心懶散地問道。

「怎麼了！想釣魚？」

「反正閒著也是閒著。」心亂加上日子無聊，她心煩得很。

「好啊！有什麼問題。」龍銀衣漫不經心回道，眼底閃過詭異的光芒。

要玩就去玩吧！反正被玩的人又不是他！

所有事情皆已佈署完成，就看他何時掀幕開戲，既然有人肯幫忙，那就不用再等啦，趁早解決這件事，也好讓他專心進行主要計劃。

好，就這麼辦。

龍銀衣二話不說，拉起懶洋洋的何冰心，不讓她有發問的空間與時間便往台北前進。

二個半小時後——

「你帶我來這作什麼？」站在龍氏企業頂樓總裁室內，何冰心蹙緊著眉問道。

一想起自踏進龍氏企業大樓後所接收到的敵様眼光，就讓何冰心倒盡胃口。

嗟！以為她喜歡跟龍銀衣走在一起啊！是那個豬頭強拉她的耶，為什麼每個人都瞪她。

「讓你多了解一下未來老公的事業。」沒理會何冰心難看的臉色，龍銀衣走向辦公室內的吧台倒了兩杯飲料。「來，喝點涼的散散熱。」

「不就是黑道，還有什麼好看的。」對天翻白眼，何冰心接過飲料放置於桌上唸道：「還有，你不是我未來的老公。」

「當然不同囉。」

「哪裡不同，難道你們都是作善事？黑道也會造橋鋪路嗎？」

「沒錯，眞是聰明，給妳個獎賞。」龍銀衣低下頭，以迅雷不及掩耳的動作，截取鮮紅香唇。

「小人，又偷親我！」何冰心嫌惡地抹掉他印蓋的痕跡。「你再給我毛手毛腳試看看。」拿起桌上的飲料，作勢要往龍銀衣身上潑下去，卻叫他及時捉住，兩人互相較勁意味濃厚。

「黑白兩道本來就沒有明顯界定，更何況，龍氏企業每年捐出去的錢救助了不少人。」眨眨眼，龍銀衣將飲料拿離戰場。

「是又怎樣，你們禍害的可不是那些錢能彌補的。」哼！狡辯。

「至少比那些披著羊毛的狼好多吧！」

「反正我就是討厭你們這些戴面具的人。」不想再爭辯，再談下去，她肯定會扁人。

「還要待多久，我討厭這虛僞的空氣。」不耐煩。

「最好要習慣，妳可能得聞一輩子。」

「你是在作夢嗎？我可沒說過要嫁給你。」

「現在沒說不代表以後不可能。」

「你很煩耶！」以後的事以後再說。

還沒失控？繼續無賴。

「可是我卻很想讓它變成眞的。」右手不規矩的劃過何冰心的臉頰。

果不其然，何冰心臉一沉，伸手撥開那輕浮的手。「你最好連想都別想。」一縮一放的拳頭開始蠢蠢欲動。

「不用想？好啊，我會用行動證明。」

「碰」一聲劇響，何冰心手槌桌面怒道：「我最後警告你，別想玩花樣。」該死的傢伙，敢玩花樣就騎驢看唱本——走著瞧。

五分鐘就破局?!好！

「親愛的未婚妻，冷靜點。保持一下妳的形象吧！」不是他故意惹她生氣，而是她生氣的樣子實在太可愛了。

跟他所想的一樣，她是個火裂使者。

越是炙熱越顯出她的美豔，不過，代價頗高。但！值得！

「媽的！」要行動？我就給你行動。

首當其衝的受害者，就是離何冰心最近的大青瓶。

龍銀衣急忙伸手接住：「哇，這個價值兩百多萬。」

「兩百多萬？哼，誰管你。」兩百多萬就心疼這樣子，她若不毀了它，她就不叫何冰心。

一記迴旋踢，何冰心的目標仍放在大青瓶上。

龍銀衣側身閃過，急忙找個安全的地方放。

呼，他的未婚妻身手還眞不是蓋的，倘若他反應不夠快，這瓷瓶早就不保了。

還好還好，兩百萬的瓷瓶總算保住了。

突然，一陣風從他耳邊劃過。

「匡啷」一聲，龍銀衣轉頭，心跟著寒了，哇啊！這個要一千多萬。

雖說錢對他而言是個小意思，可是那些都是古董，它們的價值是再多錢也不夠的。

「妳怎麼專挑貴的摔？」

「我就是喜歡，怎樣！」何冰心一臉桀驁不馴，要酷中還不忘送上一腳。

「妳這女人……」還來不及把話說完，凌厲的攻勢緊接而到。

「懶得理妳。」往後一縱，龍銀衣迅速跳離攻擊區。

「來不及了。」何冰心纏上他，一記左勾拳往他臉上打過去。

「喂，妳講不講理啊！」閃過她的左勾拳。

「我就是不講理。」差點就打到他的臉，可惜！何冰心懊惱。

龍銀衣發現再退下去就無路可退，這個笨女人難到不知道他不出手是怕傷了她？

「妳夠了吧！」雖然他喜歡看她發火的模樣，可不包括收拾殘局。

「不夠！」拳腳依舊不停。

還要打是吧？好，就給妳來招狠的。

接下何冰心的攻擊，龍銀衣化守爲攻，手腳並用將何冰心釘在牆上，使她動彈不得。

「你……」

「親愛的，前幾天冷落妳是我的不對，妳就別生氣了，反正打都打過，摔妳也摔了，我都不介意了，妳還有什麼好堅持的。」要無賴的同時，龍銀衣當然不會放過可以偷香的機會。

畢竟，難得嘛，這姿勢、這氣氛，他要是不動她，他就不姓龍。

可惡，該死的臭男人，竟敢偷吃她的豆腐，她要縫了他的嘴。「大色狼，把你的嘴從我的脖子上移開。」跟他相處越久，越是發現這個人有雙重性格。

「不要？那我只好往下囉。」

「你……你……」是誰說這個人穩重？

「老婆，別生氣了，妳累不累，要不要喝點茶。」

「你釘著我的手怎麼喝！」

「我犧牲點，用嘴餵妳囉。」面對她，他骨子裡的痞子樣都跑出來鬧了。

「你給我閉嘴啦。」

大火燒不盡，而戰爭……還未結束。

※　※　※

人在倒楣時，什麼事都遇得到。

何冰心怎麼也想不到，前一刻鐘才從龍銀衣的魔爪下逃生，重獲自由，下一秒鐘，她便被人用槍抵住頭，失去自由。

台灣的治安何時變得這麼不好啦？她明明記得在台灣要買支手槍是犯法的吧？

不過，當她瞄見龍銀衣嘴角下淡淡的微笑時，何冰心懂了，三字經也脫口而出。

媽的，她被算計了。

罪魁禍首就是她掛牌的未婚夫！

冷著臉，何冰心開始懷疑是不是她回國時，時辰沒算好，不然怎麼會遇到那麼多的事呢？「魚」沒釣到就算了，自己還成了魚餌？

她不過是個平凡的小女子，什麼時候變成主角了？

沸騰的人潮聲讓她頭疼，太陽穴上的槍讓她無奈，而眼前的陣式，卻讓她氣得快吐血。

「眞是夠了，你們來攪什麼局。」黑壓壓的一片兄弟，將她跟歹徒兩人團團圍住，這等陣式不僅引來人群圍觀，更惹來數輛警車進駐。

嗚……平凡日子已經漸漸離她遠去了。

她敢保證，今晚她一定成爲各大報紙的頭版新聞。

啊……我只想當個平凡小女子啊！這麼難嗎？

這筆帳，該清算的，她一筆也不會漏掉，銳利的眼神掃向右方，鎖定三個身影。

很好，敢暗算她，她們之間沒完沒了了。

揚著笑，何冰心眼底冰度下降。

捉她當擋箭牌的歹徒看到眼前那麼大的陣仗，則是嚇得冷汗直冒。「你……你們不要過來。」

微微後退數步，他小心翼翼防備著。

「冰心小姐，請妳稍微忍耐一下，幫主正往這路上。」帶頭的男子恭敬地對何冰心說道。

「誰叫你們來的，給我滾回去，礙眼。」丟臉，這種小case還動用那麼多人，夜神幫沒人才了嗎？

「可是……」

「給我滾。」慢條斯理的語氣，藏著冷森，何冰心暗忖，再讓她多說一句，回頭他們就有苦頭吃。

看著他們步步逼進，歹徒加重手力，再次喊道：「你們全部給我退後，不然我就殺了她。」

就差那麼一步，只要過了今晚，他便可以成為富翁，永遠不用再看別人臉色。他竟然在緊要關頭失敗了。

媽的，一招請君入甕讓他多年來的努力化成灰燼，難道喜歡權勢是個錯嗎？哼！是他太小看這位從美國來的少東，才會在偷竊公司資料時被捉到，逼得他不得不走這步。

「這位大哥，請小心你的手槍。」打個哈欠，何冰心笑笑地提醒身後的歹徒：「傷到我的代價可不輕喔！」

先將話說明，免得待會兒又說她沒警告。

將周圍掃了一遍，何冰心的嘴角已經忍不住要抽搐。

唉！人潮怎麼越來越多，煩啊！

「閉嘴！」

唉喲，叫她閉嘴，有膽量！

「嗯！我說這位大哥，所謂冤有頭、債有主，你不覺得你捉錯人了嗎？」她只不過是個柔弱的小女子啊！

「妳別以爲這樣說我就會放過妳，誰不知道妳是副總裁的未婚妻。只要捉妳當擋箭牌，我就可以全身而退。」

「這麼肯定？」全身而退？就怕屍骨不全吧！被人算計的火氣正熊熊燃燒中，淡然的笑容深藏著窒息的殺氣。

「廢話少說，叫他們全部走開。」

「各位，你們到底有沒有聽到，他叫你們滾開耶。」笑容，越來越燦爛。

眾人互看一眼，腦中閃過何家的傳說，紛紛決定撤退。「小姐，請妳自己多小心。」說完，眾人迅速地離開。

「好啦！人都走了，我想我們該不該換個地方聊聊。」對，換個地方，好～好～聊～手指嘎嘎響，何冰心深深吸口氣，讓自己繼續維持著無害的笑容。

無奈那人卻不領情，他怒吼：「妳閉嘴。」

「喀啦」一聲，空氣溫度再降數度。

「你眞的不要好好聊聊？」

歹徒沒有理會，他瞇著眼仔細觀察周遭環境。奇怪了，他剛剛好像有聽到什麼聲音，聽錯了嗎？

「臭女人，妳再多說話我就要妳好看。」

「啪！」再一聲響。

「老大，你有沒有聽到什麼聲音？就像東西斷掉的聲音？」遠處，思藍也蹙緊眉問道。

過了一會兒，就在龍銀衣睜開眼睛的同時，何冰心伸出手，扳開頭上的槍，一個側身，手刀狠準地打掉手槍，接著一記過肩摔，輕輕鬆鬆地將兇手繩之以法。

這一切，快得讓人無法思考，也狠得令人為之膽怯。奇怪的聲響再次響起，這次大家都知道聲音為何，那是歹徒的手骨折的聲音。

「哇啊，痛……痛啊！」歹徒在地上打滾，這次最大的敗筆就是他忘了打聽清楚這女子的能耐。

「哇啊！夠狠。」

「我的天啊！」

四周驚呼聲彼起彼落，眾人皆不敢置信，眼前嬌小柔弱的女子，竟有如此大的能耐。

「漂亮！不愧是何世伯的愛女。」擒著笑，龍銀衣緩慢自暗處走出來。「這招夠厲。」

「這齣戲還滿意嗎。」踩過跪地哀叫歹徒骨折的手，平淡的口氣聽不出任何情緒。

「是不錯。」

「啪」一聲，何冰心狠狠甩了龍銀衣一個巴掌。

「我警告你，再有下一次，我會讓你死無藏身之處。」說完，冷然轉身離去。

看著她離去的身影，龍銀衣一臉笑意。

她下手之重，讓人不難猜測出她的怒氣有多大。

這次，是他玩得過火，可是，卻也不可否認，這場鬧劇關鍵著她是否通過龍家選妻的考驗。

想到這，龍銀衣禁不住加深笑容。

該說他詐嗎？這是場深謀遠慮的計畫，而獵物也慢慢踏進圈套，一切皆在掌握之中。相信父親跟其他長老們的眼目必定會將今天所有一切，原原本本回報，而他們此時肯定也笑得像賊般。

何冰心，想逃離我，下輩子吧！

龍銀衣的輕笑聲，讓被這一巴掌嚇到的眾人，自錯愕中驚醒。看著笑意盈然的主人，思藍諾諾地說道：「老大，你還好吧？」偶像！竟敢打老大。

佩服佩服，不愧是大嫂，有個性，好耶！只是……眼角瞄向龍銀衣，思藍忍不住打個寒顫，他真的是越來越不懂老大的行爲模式，有人被人打還笑得那麼開心嗎？看來，事情很大條了！

吞吞口水，思藍開口問道：「老……老大，我可不可以請個長假？」請假理由很簡單，他要避難去，因爲惡魔的笑容浮現啦！

佛祖保佑！

7

禍不單行，指的可是她目前的狀況？

何冰心幾日來的陰霾心情，在今天達到沸點，眼前這陣式讓她上火。

「能夠解釋一下這是什麼情況嗎？」忍著脾氣，何冰心幾近咬牙切齒地指著距她不到十步之遠的門內尋問著家人。

一縮一放的拳頭還是無法讓她控制住火氣的直燒。

昨天的那場鬧劇她的氣還沒消，她的家人卻硬要挑戰她的限度，一大清早，父母親卻硬要她參加一個好友的生日宴會；於是，在他們的軟硬兼施下，她勉爲其難地答應出席。

哪知一到現場，才發現她被騙了，那跟本就不是什麼生日宴會，而是她和龍銀衣的訂婚宴！

該死！

難怪天還沒亮，父母便將她自床上挖起，絲毫不讓她有開口反對的機會，一股兒，硬是將她塞給一群化粧師、美髮師打扮。

弄得她頭昏腦脹，無法思考，直搞不懂到底是哪個朋友的面子那麼大，非得要如此盛妝出席！

結果咧，竟然是她的文定之喜。

該死，眞是一群天殺的卑鄙家人！

「嘿！嘿！」不知道該怎麼解釋的眾人，很有默契地直訕笑。

心中有個共同的想法，大廳上人那麼多，諒他們家的「心」寶貝一定，呃……至少會留點面子給他們，不便在此發火。

熟知，他們再一次地料錯了。何冰心不僅僅是發火而已，她簡直是岩漿四射，火山爆發！

頓時，只見在大廳外呈現一片雞飛狗跳的混亂場面。

而何張兩家今日出席的人沒有一個不抱著頭四處竄逃著，深怕哪個不注意，便得讓閻王爺接見去。

喔！我的天老爺，他們家小妹的脾氣眞是……可怕啊！眾人雙眼莫不含著淚，可憐兮兮地憑著敏捷的身手在混亂中圖求生存。另一邊在心底更是不停哀怨著，明明只是隔著「一門」之差，怎麼卻猶如天堂與地獄之別。門的那一邊，是光鮮亮麗、杯光影豔，一片歡熱；而門的這一邊卻是杯盤狼藉、桌椅滿天飛的慘狀。

那ㄟ按咧？

可是縱使心中有怨也沒有人敢說一句話，因爲他們又不是想在老虎的臉上捻鬍鬚——找死。

「小妹啊！注意形象、注意形象！」

原本躲在牆角的何奕風及何奕水兩兄弟，手忙腳亂地想挨近制止，但卻被飛天過來的傢俱給逼退。

哇啊！我的媽啊……小妹好恐怖喔！死裡逃生的倆位兄弟忍不住拍撫著心口，不敢再往前踏進，眼底更是掩不住受到重大驚嚇。不過，最叫他們慶幸的是這間房間的隔音效果絕佳，否則，不難保證他們過了今天晚上不會成爲眾人飯後茶餘的笑話。

天啊！誰來救救他們？

擦著冷汗，專注於閃躲「暗」器傷人的眾人，沒有一個不在心中邊慶幸、邊哀嘆著。

爲什麼？爲什麼這陣子他們家「心」寶貝的脾氣越來越可怕？

使個眼色，站在暗處的何奕水同其他旁門的兄弟們趁著何冰心喘息之際，挨近身後扣住她的手腳，急急忙忙地一夥人架著何冰心飛車離開了宴會地點，奔回何家大宅。

一下車，何冰心氣極敗壞地想甩開身上的束縛，無奈的是自己的力氣比不過兄長們，只能奮力掙扎著。

何奕水等人因爲怕傷到親愛的小妹，走到大廳便急忙放開。

「可惡！你們竟然耍我。」手腳得到自由，何冰心再次拿起離她最近的傢俱「動手動腳」。

她說過不嫁就是不嫁，爲什麼她的家人比驢子還驢，一而再、再而三地企圖考驗她的脾氣。

想死？很好，她成全他們。

對於龍銀衣的矛盾情緒讓她怒火炙燄。

「妹！我們也沒有辦法啊！」何奕風代表著所有兄長的心聲，極爲委屈地抗議著。

這一切的罪魁禍首明明就不是他們！爲什麼卻得由他們來承擔妹妹的怒氣，唉！難道說身爲人家的孫子、兒子及寵愛妹妹的兄長是個錯？

怎麼都沒有人來體諒他們的處境？上面的話不能不聽，妹妹的心情也不能不顧，夾心餅乾眞的好難當喔！何冰心還眞的以爲他們兄弟們喜歡啊！

「我不管！你們竟然夥同那個臭老頭晃點我。」可惡的臭老頭、死老頭。在他沒有解除這個荒謬的婚約前，她絕對不會叫他一聲「爸」的。

絕．對．不！

「妹！」低頭閃過一張小椅子。何奕水無奈地喚道：「這婚約妳自己也同意的啊?!」

說起來他們兄弟是整個事件中最最倒霉的無辜受害著。逼「心」寶貝結婚的是他們的長輩又不是他們，偏偏每次有事的都是他們這群可憐沒人疼的晚輩。

互看一眼，眾家兄弟們莫不眼眶含霧，一片哀怨。

嗚……他們要抗議啦！

不過……抗議無效，因爲火山又要開始暴動了，只見四射的岩漿燙得眾人哀嚎連連。

「該死，我有說要嫁人嗎?」何冰心嘶吼著，眼前彷彿見到龍銀衣的身影，怒火更深。

「該死的龍銀衣、該死的死老頭。」

她討厭自作主張，更討厭被騙。

要結婚的可是她耶！爲什麼每次都不先問問她的意見?

當她是死了還是怎麼?

「妹……我……我們不是龍銀衣，也不是死老頭。」

「你們……」深吸口氣，何冰心已經氣到失去理智，發現四周已無武器可用的她，奮然拿起牆壁上的一把古劍，緩緩抽開劍身，冷聲說道：「告訴死老頭，再一次，我就不客氣。」她已經心亂的很，家裡的人卻還要弄得更亂。

劍一揮，巨響在室內迴盪，只見桌上的木質雕塑應聲成半，所有的人莫不被這氣勢給震住，不約而同地摸摸自己的脖子，腦中達成一個共識——打死都不能惹火他們家的冰心大小姐。

「你們聽清楚了嗎？」

森冷的語氣，讓整個空間溫度劇降，眾人毫不猶豫地直點頭。

「清……清楚。」吞口口水，何奕風結結巴巴地代表其他已嚇呆的兄弟們回答。

「很好，希望你們能記住剛剛說的話。」

「記住……記住了。」忙不迭地直點頭，何冰心的話他們不僅記住了，還刻在心版上，一字不漏。

「哼！」諒他們也不敢忘記。何冰心輕哼一聲，滿意地看到兄長們眼中的懼怕，緩緩收起劍，隨即將之丟向兄長們道：「你們三天內不准出現在我眼前。」

這是個懲罰，而且對何張兩家的人來說，這個懲罰比滿清十大酷刑還要可怕、嚴重，只見所有人莫不急忙開口哀求：「妹，不要啦！」

三天不能見到寶貝妹妹，這比殺了他們還難過耶。

嗚……他們以後再也不敢了啦。

眾人的淚眼非但沒有讓何冰心改變心意，反倒是決意加深責期：「怎麼，嫌太短，那我看改成一個星期如何。」

「妹！」

「三個星期。」

眾人噤聲不敢再多說，只好用哀怨的眼神透露出他們的悲傷。

就在他們兩方僵持不下時，一個溫柔的聲音打破空間的凝重。

「冰心！」

正打算轉身離去的何冰心，聽到那聲呼喚後，身體頓時僵硬，原本怒氣滿怖的臉也在順間化成陣陣錯愕，她提起一口氣於胸中不敢輕動。數秒後，她才緩緩轉身相望，疑惑漸成驚喜。脫口而出的話語，竟是帶著些許令人不易察覺的顫抖。

「席芸！眞的是妳。」

※　※　※

若是嚴格說來，在這世界上能讓何冰心心服口服，毫無怨言地聽其命令的，莫過於「絕惡黨」中的核心人物席芸了。套句摯友之一的季情常念在口的一句話：「若說何冰心是一隻野獸，那席芸必定是世界上最厲害的馴獸師了。」

而在今天，何張兩家所有人都全部見識到「馴獸師」的厲害了。

眾人目瞪口呆地看著原先寒冰凍人的何冰心在那名喚席芸的女子出現的刹那，瞬間笑臉燦爛。彷彿剛剛那場風暴不過是一場夢境罷了。而一個疑問也在眾人的心中滋生。這名名喚席芸的女子究竟是何許人物？

就在眾人尚沉溺在驚愕之際，何冰心正興奮地將摯友抱個滿懷。

「芸？芸！眞的是妳？我沒有眼花？」手撫上眼前熟悉的臉，細不可察的顫抖透露出她的驚喜。

「妳怎麼會想要來台灣呀！」

「呵！當然是想妳囉！」

「眞的？沒有在騙我吧！」

「妳想呢？」席芸的柔荑輕撫著何冰心的臉頰，一臉頑皮地反問著好友。對於席芸的調皮，何冰心只能一笑置之。

既然好友不說，她也不勉強。反正事實是思念的人站在眼前，其餘的她什麼都不管。

「不管妳眞正的目的爲何，我相信妳是來看我的。」

對於摯友的熱情，席芸則是四兩撥千斤：「不幫我跟妳的家人引薦一下嗎？」

「不用啦！他們現在沒空。」何冰心不屑地瞄了一下還黏在牆壁上的家人，便拉著席芸走向自己的房間準備好好敘舊。至於她家人的那筆帳，沒有關係，反正有的是時間嘛！先記在牆壁上日後再好好清算。

✻　✻　✻

何冰心自櫃子內拿出私藏的好茶，手腳俐落泡了壺茶問道：「妳累不累？」

席芸搖著頭，伸手接住何冰心遞過來的茶，悠閒地品嚐著。其滿足的神情讓何冰心輕笑了起來。

「絕惡黨」中的何冰心酷愛咖啡跟席芸愛喝茶的習慣可是出了名，她們兩人可以一日不吃東西就是不能一天沒有咖啡及茶；所以向來以席芸為主的何冰心，絕對會在住所放置一套茶具以供席芸的需要，也因此訓練出何冰心一手的泡茶好功夫。

「季情知道妳要來嗎？」自從她們兩個一同回到台灣後，各自發生了些事，除了之前請她幫個忙外，她們便很少聯絡，今天芸的到來，讓冰心想念三人相處的日子：「要不要我打電話告訴她？」

席芸喝了口茶，然後看看手中的錶，牛頭不對馬嘴地回了一句：「嗯……差不多了吧。五……四……」

就在席芸語末，一陣噠噠的匆忙腳步及耳熟的喳呼聲隨之響起。

何冰心了然地笑看房門，當席芸數到一時，原本緊閉的房門「砰！」一聲，被人粗魯地踹開。

「芸?」

席芸舉起茶杯回應著好友的呼喚;相對季情的慌張,席芸可說是相當的悠閒。

「嗨!好久不見了。」

「芸……妳……妳……」

何冰心實在看不過去,站了起來拍拍季情差點氣喘不過來的背。

「慢慢來!來……深呼吸……別嗆到。」

調整好自己的呼吸後,季情欣喜若狂地擁抱著好友。她簡直不敢相信向來大門不邁、二門不出的好友,竟然會爲了她們跑來台灣。

天啊!這是在作夢嗎?掐了一下臉──會痛耶!

這不是夢,是眞的,席芸眞的出現在她們面前。耶!

季情興奮地跳起來歡呼,她爆笑的動作看在席芸的眼中禁不住笑了起來。

呵呵呵!看來這次她眞的嚇到她們了。

不過,這也不能怪兩位好友似乎受到驚訝過度的態度,實在是因爲她這個人的個性十分怪癖,若沒有什麼大事,她可以窩在自己的房間整整一個星期,甚至一個月不出大門一步,而在面對眾人的疑問時,她本人的辯解則只有短短的一個字──「懶」。

對!沒錯,就是「懶」。

她的懶性堅強可是無人能比，只要她的懶病一發作，就算肚子餓到發慌，她還是不會移動雙足出外打食。

所以她能活到現在，還得感謝眼前這倆位好友。若不是她們倆人在旁照顧，定時監督她進食的話，只怕她早餓死在美國。不過，更絕的是，常有人冷嘲熱諷她的惰性，可是席芸姑娘卻會十分欣喜回聲：「謝謝誇獎！」，只因爲這代表著她有家族的優良遺傳。由此可見，她今日的出現有多麼讓人驚訝了。

「芸……妳怎麼會想到要來台灣？」順了口氣，季情問道。

「呵！妳們兩個怎麼都問同一句話。」偏著頭，席芸笑開了臉。

「沒有辦法！誰叫妳平時都深居簡出的。要妳踏出房門一步，可比登天還難，但是今天妳竟然會遠洋而來……妳說……我們能不驚訝嗎？」

「對啊！對啊！」何冰心直點頭附和著。

「呵！只是有點無聊，而且……」席芸把玩著手中的茶杯懶懶地回答著。眼睛則是若有所思地來回巡視著面前兩位好友。

嘿嘿！她再怎麼厚臉皮，也不好意思說她是想念她們倆的「救濟」。

唉！都是眼前兩位好友寵壞她了，想來還沒遇到她們時，她還不是一樣過著懶散的生活，獨來獨往好不快活。

可是，自從和她們兩個相識後，她的生活頓時出現兩個保母，餓了，季情便會幫她準備好飯菜，渴了，何冰心也會適時泡壺上等茶讓她解渴；久而久之，她上了癮。

這次她們兩個相約返回台灣時，原本說好探完親便會速速回美國，可是在經過快四個月還不見人的情況下，她也只好踏出狗窩，回國看看這兩個好友到底在忙些什麼。

不過……這樣算不算違反和那個人的約定啊？

偏著頭，眼底閃過無數複雜思緒，席芸頭疼地思考著。

⁂ ⁂ ⁂

別離數月的朋友，總是在重逢之際有著許多話語閒扯。

更別提向來感情親如家人般的何冰心等人。自分開到現在，所發生過的種種，她們都迫不及待地想與之分享。

一如往昔，季情激烈生動的述說；何冰心適時的插話、揶揄；席芸則是帶著淡然笑意安安靜靜傾聽著，就這樣過了大半夜。

「呵！想不到妳們才回台灣沒多久就發生那麼多有趣的事。」

還記得四個月前，她們三人才在美國享受單純的學生生活，怎麼分離不過四個月，世事就轉變那麼多？

爲情所困的季情捉住她的幸福，而何冰心則發現家族秘密。

呵！呵！呵！這就是人生嗎?!多變無常！

「芸，哪裡有趣啊！我簡直是快瘋了。」何冰心對天翻了一下白眼。點明了她在得知她家「事業」後的心境。

「呵！呵！哪沒有，一想到差點當上警官的妳，竟然是台灣有名黑社會老大的女兒，我就眞覺得上天造物——好玩極了。」

「對唄！對唄！我們嫉惡如仇的心竟然……」季情笑倒在地，說不下去。

突然！季情像是想到什麼事般，輕笑了起來。「心，聽說今天是妳的大日子！」擠眉弄眼地，季情一臉欠人扁的模樣。

「閉嘴啦！」什麼不提，提這幹嘛！何冰心以眼神警告好友。

「什麼大日子？」

「沒……沒事。情在『起笑』。」手一伸，她想摀住季情的嘴，哪知，卻叫她輕鬆躲過。

「誰說的，事情可大著。」季情不顧何冰心的暗示，開心地扯著她得後腿。嘻！誰叫她文定當天何冰心那般糗她，此仇不報非君子。

「今天可是心的訂婚之日喔！」

「季情！」摀住臉，何冰心很想拿針線將季情的大嘴巴縫起來。

「什麼！心要結婚了？」帶著驚訝，席芸眼中閃過笑意。看來她得幫那個幸運兒祈福保佑了。

可憐哀哉！竟然有那個膽子娶何冰心。

反觀何冰心的反應則是一把摀住季情的嘴巴，急忙地想澄清事實。「芸！不是妳想的那樣啦！那都是我父母搞得鬼！」開什麼玩笑，誰都可以誤會就是唯獨席芸不能。

「呵！呵！呵！」不理睬何冰心著急的解釋，席芸只是不停地笑著。看在何冰心的心底更加慌張。

可惡！何冰心一轉眼瞪向季情，她最最不想讓席芸知道這件事，季情卻故意地洩了底，明白她是爲了報上次的揶揄之仇，何冰心氣得一把捉起身旁的枕頭往季情那張笑得礙眼的臉丟去。

既然她不義在先就別怪她無情在後了，於是這一天又是一個熱鬧、幸福的日子。

但見一陣怒吼聲中夾帶著另一聲聲的哀嚎，自何冰心的閨房斷斷續續地傳出。

※ ※ ※

屍橫遍野。

滿地的抱枕及枕頭，歪倒四處的裝飾品，張雨婷一進入女兒的房間映入眼簾的便是這慘不忍睹的慘狀。嘴角揚起笑意輕聲地走到床邊，幫女兒及她的好友們蓋上棉被。就在她手不小心輕碰到席芸的身子時，一雙眼剎時睜開。

紫眼！

如夢如幻的淡紫眼眸在看見來者後猶如魔法般漸轉換成黑瞳。看得身經百戰的張雨婷也不禁溢出一聲驚嘆！

「對不起！嚇著妳了。」輕柔的語音有著安穩人心的作用。

張雨婷搖頭問道：「沒有關係！妳便是我家那群小猴子們口中的席芸吧！」

眞美！烏黑如夜織錦緞般的長髮披散於肩，白晰勝雪的肌膚讓人忍不住想咬上一口，她的美只能用「脫凡」兩個字來形容。就連曾經被喻爲黑幫第一美人的張雨婷也自嘆不如啊！「我是冰心的母親！」

「我知道！心的房間有伯母跟伯父的照片。我叫席芸，跟心是多年同學。」

「多年同學？」輕鎖眉頭：「怎麼都沒聽冰心說過。」

再看了一眼席芸，張雨婷猶豫地提議著：「不知道妳餓不餓，若妳不介意的話，我們可以邊吃點東西邊聊？」

「那就麻煩伯母了。」明白何母的動機，席芸笑開了臉回答。

於是兩人一前一後地來到餐廳，一邊享受著美食，一邊彷彿忘年之交聊起天來了。而在房間深睡的何冰心，絲毫不知道她正被人「出賣」中。

所謂「形影不離」大概就是眼前這景象的最佳形容詞吧。

何家所有成員目瞪口呆地看著他們家的「心」寶貝自睜開眼後便纏在席芸身邊轉。

關於席芸的身分，他們已從張雨婷口中得知。更因爲席芸的一句話而解除了何冰心對他們兄弟的懲罰，讓他們明白席芸在妹妹心目中是何等重要！

只是……

他們怎麼也無法想像向來獨來獨往的何冰心，如今竟然猶如蒼蠅般黏人。

形影不離也就算了，她們兩人的相處模式也未免太……親熱一點了吧！沒有看過這般……怎麼說呢？吃個飯，何冰心時時不忘夾菜給身旁的好友，喝個湯，更是怕湯燙席芸般，總是先舀碗湯先放旁邊涼著、吹著。這……

趁著何冰心進廚房幫席芸泡茶當口，何奕流終於忍不住地詢問著。

「席小姐……這……」

「二哥！你不介意我這樣叫你吧？」見他點頭，席芸嘴角盪起一抹笑繼續說道：「你叫我席芸就好了。因爲我很懶散，心怕我照顧不好自己……所以……」

「妳是說她在美國也是這樣？」

「是的！」明白何奕流的驚嚇何在，席芸靦腆地回個笑容。

「天啊！妳在心寶貝的心中一定不是一般朋友！」雖然一早便從母親口中得知席芸跟何冰心之間的情誼，可是再怎麼好的朋友也沒有她們那麼誇張吧。

「可能是自小都是單獨在異地生活的關係，我們就像一家人。」

一家人？別說是一家人了，就算是相戀多年的情人也未必會有如此親密的舉動出現啊！眾人不是滋味地在心中回答著。

「各位早啊！」神采奕奕的思藍揚著太陽般的笑容自在地走進何家餐廳。

哇啊！好香喔。聽說他們家老大未來的岳母大人的手藝是一等一的，看來傳言不假，光是聞著味道便已讓他垂涎三尺了。

好！眞是幸福美滿啊！

正和席芸享受著美味早餐的何冰心忍不住蹙起眉頭。

「你來做什麼？」瞧那像餓死鬼的模樣讓她差點倒盡味口，究竟是誰家的小孩，沒規沒矩。

「大嫂昨晚睡得可好啊！」

「誰是你大嫂，別亂叫。」

「嘖嘖嘖，我說大嫂好害羞喔，昨晚上妳不是已經跟我們家老大訂婚了嗎。」邊說著，手不規矩地往餐桌方向前進。

「你哪隻眼睛看見我訂婚了。」主角沒出現，當然不成立。拍下想偷菜的手，何冰心怒瞪思藍。

「唉啊！我知道我知道，妳跟老大不喜歡那場面，所以相偕開溜去。」嗚……大嫂好小氣。

「喔，你還眞了解我們喔。」原來是龍銀衣也逃場，難怪昨晚父母親回到家沒說什麼。冷眼一掃，何家眾人莫不低頭乖乖吃飯。「你又哪隻眼看到我跟你家老大在一起。」

「不是嗎？不然你們兩個昨天晚上怎會一起沒出席。」眼睛直瞪著餐桌上的美食，思藍差點流口水了，好想吃喔。

「你說呢。」跟他講話浪費她的口水，何冰心轉頭溫柔地對席芸說：「芸，妳難得回來台灣，我帶妳四處逛逛好嗎？」

思藍這時才發現何冰心身邊的美人，他向之望去，在看清那人面容時，饞嘴的模樣讓嚴肅佔據。

「芸小姐。」

咚嚨一聲，他單膝跪下恭敬地說道：「思藍向芸小姐請安。」

滿室鴉雀無聲，思藍異樣的行爲弄得眾人滿頭霧水。

「這是怎麼回事？」何奕水問出所有人的疑惑。

席芸只是笑笑不語，她看著跪在面前的思藍，揮著手說道：「起來，這裡不是山莊，不用多禮。」

「是。」

「芸……」何冰心以眼神詢問著好友。

「妳忘了我曾提過的家族事業啦！」喝著茶，席芸回答。

「妳說他是妳母親的徒弟？」何冰心頓時大悟。

席芸的家是開武館的，聽說在武術界佔有一席之位。

「不，他是我舅舅的入室弟子。而他……」舉手指向門邊的人影，席芸笑開眼說道：「才是我母親的徒弟，我的師兄——龍銀衣。」

⁂ ⁂ ⁂

刺目……眞是刺目！

何冰心十分不爽地瞪著眼前互相擁抱道好的兩個人，與席芸好友多年，爲什麼都沒有聽過她認識龍銀衣，而且……還是感情不錯的師兄妹？

皺起眉，何冰心弄不清目前自己的心境。對於向來冷默對人的席芸竟然會露出那般燦爛的笑容，而且對象還是一個男人的情況下，就足夠讓龍銀衣在她的心中再添一項罪名，可是更奇怪的是，在看到龍銀衣對席芸溫柔的態度時，心中像有一根針刺般，令她好生難受。

該死！都是那個臭男人惹出來的禍。

一切都是他害的，讓她平靜的生活混亂！

不再思索，何冰心不顧周遭旁人的驚訝，衝下前拍開龍銀衣的手，將席芸納入自己的懷中。

「色鬼！你要握到什麼時候！」該死的臭男人，竟敢在她面前吃起芸的豆腐。

可惡！她就知道男人不可靠。

被何冰心突來的動作嚇到的龍銀衣，看看自己懸在空中的手，再看向何冰心一副欲先斬之而後快的表情。

「怎麼？吃醋啦！」

嘻皮笑臉的表情，讓何冰心十分地想、萬分地想、一億分地想要將之扯下，然後甩在地上狠狠地踩上幾腳，以洩心中之怨氣。

她吃醋？哈哈，哪有可能，她也不過是心裡不舒暢。

「我警告你，不准你再接近席芸。」免得她被自己的怪里怪氣給悶死。丟下這句話後，何冰心便急忙地將席芸拉走。

「這……可能就由不得我囉！」聳聳肩，龍銀衣望著已離去的背影喃喃自語。從席芸眼中不經意洩露出的詭譎笑意中，他有股預感，真的是由不得他——若是對方硬要跟他接觸的話。

隔日早晨，事實證明男人也是有第六感的！

淡得不能再淡的笑容，在龍銀衣的嘴角懸著，他凝視著坐在面前的女人，一個三天前他寵愛有加的師妹，而如今卻恨不得不認識的人——席芸。「妳到底有什麼企圖？」

「師兄，你在說什麼，怎麼師妹我都聽不懂！」雙手撐著笑臉，席芸好不無辜地說。

「妳少來，別在那演戲。」他與她認識不是一兩天的事。

「唉啊！你怎麼可以這樣對一個久未見面的師妹說這種話呢！」龍銀衣少見的厲眼，讓席芸忍不住輕笑起來。

看來，多年來佔據師兄心底的人眞的是何冰心囉！

眼底閃過一絲快速不易察覺的笑意。席芸喝口鐵觀音再次開口：「有點不太像我認識的師兄龍銀衣喔！」

師妹？龍銀衣撇撇嘴，對於席芸的控訴嗤之以鼻。若是師妹的話就不應該落井下石，明知道他在追何冰心，偏偏一直有意無意地在她面前提起他過去的情史，挑撥離間。

這叫師妹？我看是禍害還差不多，虧他平日待她不錯。

「我沒有將妳丟出我的視線之外，妳就要萬分感謝了。」他本來是想將這個主意付諸行動，但幾天來的相處，讓龍銀衣十分明白席芸在何冰心心中的地位有多重要。若他眞的動席芸一下，想必將會惹來何冰心的拳頭相向。

嘖！他眞的搞不懂，眼前這名女子有什麼特別之處，能讓他的未婚妻如此的重視著。

她只是一隻奸詐的狐狸罷了。

「哇啊！我好期待喔！」想動她？除非他不想要老婆了。席芸嘴裡喊怕，心底則狂笑不已地欣賞著龍銀衣陰霾的神情。

唉！不是她忘恩負義，欺負平常疼愛她的師兄，只是好友難尋，就算是親如長兄的龍銀衣，也是得經過考驗才能放行。不然，她可是對不起良心。

忽然，眼角撇見一個慌亂人影，她隨即轉過頭，向帶著滿臉恐慌，狂奔下樓的何冰心招手。

「心！我在這。」想也不必想，席芸明白惹得好友一臉嚇壞的模樣的肇事者正是她本人。

「妳跑哪去了？」何冰心以最快的速度奔向席芸，語氣中有著濃厚的恐懼。

「沒哪啊！不就坐在這跟人聊天。」無辜是她的招牌，也是最佳的武器。

「聊天？跟誰啊？爲什麼不叫醒我呢？」喘著氣，何冰心追問。

「妳在睡覺，我捨不得破壞妳的美夢！」重點是她想先跟師兄「敘敘舊」。

「什麼美夢！一睜開眼沒看見妳差點將我嚇得魂飛魄散。」雖然有點誇張，卻也相差無幾。

「呵！哪有那麼嚴重。」

「哪沒有！妳明知道醒來沒有看到妳我會有多慌。」她是她的浮木。

聽著何冰心與席芸一來一往的對話，在旁的龍銀衣忍不住蹙起了眉。

目前是什麼情形？爲什麼他覺得她們兩個人的對話怪怪的？

而且……他完全被忽視了？

被人忽視的感覺本來就不好受了，更何況忽視他的人是他的未婚妻。

「冰心！」最後他終於忍不住出口提醒眼前兩位女子他的存在。

孰知一出聲得來的竟是一雙白眼。

「你什麼時候來的？」

雙眉再緊蹙，龍銀衣開始懷疑何冰心的視力是否有問題；別說他的外表向來是眾人的焦點之外，至少他挺拔的身軀也不容忽視吧！

「我一開始就在這裡。」

「一開始就在這……那就是你誘拐芸出來的。」陰森的口氣讓人不寒而慄。

「我拐她作什麼？要嘛也要拐妳才對吧？」

「哼！別再狡辯。」高舉右手，何冰心又想扁人。

一雙柔荑覆上已握緊的拳頭，猶如春風的聲音化解了一場暴風：「心，妳火氣太大了。」

「可是他……」指的龍銀衣，何冰心還有話說。

「對不起。」怒火在瞬間熄滅，冷靜回到何冰心的臉上。

「我餓了。」

「嗯，陪我吃早餐吧！」

「嗯。」

兩人自顧自地走進飯廳，絲毫不理會一旁呆愕的龍銀衣。

「老大？」遠遠便瞧見所有經過的思藍怯懦地低喚。

「裔紅在哪？」沒有高低起伏的音調，透露出陰寒。

老大這次眞的發火了。「他在公司。」偷偷抹掉臉上的汗，思藍回答。

「叫他通知師父，說有個人偷回台灣。」是她先無義在先，別怪他無情在後。

冷笑在嘴角釋出，嚇得在旁的思藍心驚膽跳。

通知師叔？

這下事情眞的大條了，爲了何冰心，主子這次眞的狠下心。

我的媽啊！

一個是芸小姐，一個是自家主子，兩邊又都是不能得罪，思藍眞的是好爲難。

＊　＊　＊

再怎麼遲鈍的人都看得出來，何冰心對席芸有份曖昧情份存在，更何況是精明的龍銀衣。

他寒著一張俊臉，看著眼前人兒，冷冷怒火在眼底跳躍：「妳是什麼意思？」

近幾日來，席芸總是有意無意地讓他無法接近何冰心，而且還變本加厲地放縱何冰心對她的依賴，這些行逕分明是——找碴。

「什麼？」悠閒地喝著茶，席芸輕柔回問。

「她是我的。」他相信她明白他所指何事。

「你自己說的，還是她也同意？」她最愛一針見血看人臉色蒼白，尤其是眼前這位見色忘妹的傢伙，竟然想討救兵？

哈！要不是她發現得早，及時阻止裔紅，她就死定了。

「席芸！」他開始想扁這位不受教的妹子了。

喔，發火了，不錯不錯，沒枉費她這幾天的「辛苦」搞破壞。要知道耶，懶惰成性的她要「辛勤」工作是種虐待。

抬抬眉，席芸笑而不語。

「妳別太過份！」玩也得有個限度。

「我說師兄，你應該明白師妹我的個性，任何事都好商量，怪就怪在你下錯棋。」怪她玩得太過火，怎麼不說他無義在先。

「那也是妳逼我的。」

「大人冤枉，師妹也不過是回國找好友聯絡感情。」舉起手，席芸申訴。

「聯絡感情？是哪種感情？」有些事，他得弄清楚，也得讓席芸搞清楚。如果再讓她這樣玩下去鐵定出事。

呵！終於談到重點啦。呼，還好還好，沒讓她費神太久，不然她快累壞，用心眞是種費力的事啊！「你想要師妹往哪種感情發展？」

「她將是妳師嫂。」廢話不必多說，簡單明瞭即可。

「那她就是囉。」揚著眉，席芸回答。

「我希望妳記住今天所講的話。」

「我也希望師兄別陷害師妹我。」偷偷回國是她的錯，但求平安。

「成交。」算她識相。「不過我不說不代表師父不會知道。」

「我明白。」沒人比她知道自己母親的厲害。

「這先別談，我倒是有事要問你。」

「問！」

「對她，你是眞心的？」不是她不相信，只是爲了保護冰心，她不得不問個清楚。

「是不是跟妳沒關係。」個人隱私，沒必要四處宣傳。

「你信不信我能讓冰心遠離你。」不是挑釁，只是要讓眼前這位大哥明白，忽略她的存在是個大問題。

冷光殺了過去，龍銀衣有股衝動想拆了眼前女子的骨頭。

「妳……」

毫無畏懼地對上龍銀衣的眼神，席芸說：「我只是想保護我的朋友。」
耐著性子，龍銀衣說：「我不會傷害她。」也不會允許任何人傷了她。
唉！眞是不乾脆。「我只是想要一句話，你對她是眞心？」
龍銀衣看著席芸不語，許久，將隨身的皮包丟給她反問：「妳認爲呢？」
打開皮包的那剎那，席芸笑開了臉。
原來……

9

「龍銀衣！」震天怒吼響徹雲霄，何家大宅籠罩於雷電之中。
遠遠地，只見一團火燄直逼而來，何冰心氣極敗壞地衝進龍銀衣的房間。
「龍銀衣，你到底是什麼意思……」話，在看見龍銀衣的裸體後轉變成尖叫。
「啊！色狼。」迅速轉過身，紅潮佔據了她的臉。
該死，他怎麼沒穿衣褲。
龍銀衣呆了一下隨即低笑。「色狼是妳還是我？」被吃豆腐的好像是他吧？怎麼作賊反捉賊。
「你……你……誰叫你不穿衣服的。」腦中盤旋不散的是他健魄的身體。
可惡，她變花癡了。

「妳沒敲門。」龍銀衣點明事實。

「誰叫你不關門。」

「女人……」搖著頭，他終於體會到孔老夫子所講的名言——「唯小人與女子難養也」。

「你……你穿好了沒！」甩甩頭，試圖將腦中浮現的畫面甩開。

「有事？」

「廢話，沒事你以爲我喜歡看到你啊！」

「好啦！說吧！」扣上最後一顆鈕扣，龍銀衣走向倚子坐下，語氣淡然地說道。

「你是什麼意思？」原本尷尬的心情在想起她生氣的原因後，頓然消失，有的只是滿腔怒火。

「什麼什麼意思？」霧水滿頭。

「你竟然威脅芸離開。」哼，他以爲自己是誰。

「我？」雙眉微抬，龍銀衣笑說：「妳哪隻眼看到是我做的。」冤枉，他不威脅，只是個交易。

雖然都是兩個字，意思卻差很多。

「不是你還會有誰，昨天你們兩個長談後，今天一早芸便堅持離開。」沒有理由她也不會亂說。

「我跟她談談話，敘敘舊罷了。」難道連這也不行嗎？

「龍銀衣。」當她白癡。

「我沒有。」起身，龍銀衣整理衣服，不願再爭吵下去，閃過何冰心的身子。「我肚子餓了。」

今天，他不想點起戰火。

「龍……」看著他漸遠的身影，何冰心有股說不上來的奇怪。

他是怎麼了？

平時他定捉住機會捉弄她一番，怎麼今天……

難道說男人也有生理期？

算了，不管他，目前最重要的是將席芸找回來。

一想到席芸的離開，何冰心就莫名地慌亂，好似將永遠失去依靠般，讓她手足無措。多年來，她早已經習慣窩在她的身邊，那安寧的氣息，讓她不用害怕失去、害怕改變。就連當初她決定回國探親時，也是掙扎許久才踏出那一步，如今，她卻有股永遠離別的感覺。

壓下心底湧上的莫名情緒，何冰心甩甩頭，轉身離去，火急的身影完全沒注意到身後一對深思的眼神。

唉！笨女人。

龍銀衣手撐額頭，滿臉無奈。他怎麼會愛上這個反應遲鈍的傢伙？連自己的心都不清楚，眞是……夠了。

相較於龍銀衣的無奈，何冰心則在莫名的恐懼下顯得有點精神錯亂。

她想追上眼前纖細的身影、可是任她怎麼加快速度，還是追不到，兩人之間似乎存在著一段距離，這樣的情形，讓何冰心的情緒越來越不穩定。

席芸終於也要離開她了？就像她父母一樣？

這樣的情節，是她在美國時常做的惡夢。幽暗的空間，只殘留她一人，任她如何呼喚、嘶喊，永遠都不會有人回答她。

遺棄的感覺，讓她窒息。

仰天怒吼，何冰心發了瘋似地追上席芸。

「芸，不要走。」捉住席芸的手，何冰心幾近失去控制地吼道。

她不要再被丟下，不要。

「心？妳在幹嘛？」沒有驚訝，席芸輕柔地問道。

「爲什麼？爲什麼要離開？」

席芸沒有回答，只是深深地看著何冰心。

「妳曾經答應過我不會離開的。爲什麼？」記憶在腦中混亂。

「心……」嘆口氣，席芸終於了解師兄所怕之事。

她是粗條神經，在她的世界只有她母親和自己，其他的，她不會費盡心思去注意，所以才會造成今天這個局面。

何冰心對她依賴太深，她忽略了好友多年來的心理陰影。

小留學生，一個充滿光輝的名稱，卻也暗藏著無數小留學生的孤獨與無奈。父母盼子成龍、望女成鳳乃是人之常情，可是，他們卻忘記了小孩子所需要的只是「親情」兩個字，而這簡單的兩個字，卻是小孩的全部世界，當他的世界變了天，那無助的情緒很有可能摧毀了一個小孩子的心性。

何冰心就是一個例子，她是個易碎的玻璃娃娃。

她害怕孤單，所以在美國時幾乎都窩在她身旁；她害怕失去，因此她以不動的心來抹平騷動的心湖。

也因為這樣，她戀上了她的平靜，錯將對她的依賴當成愛情。這……該說是誰的錯？

「冰心，妳冷靜一點。」皺眉。

「我不要。」手不自覺加重力道，害怕這一放手將永遠失去，淚再也忍不住自眼角決堤。

「冰心。」忍住痛楚，席芸安撫著好友：「冰心，別想太多，我只是去季情家住幾天。」

「妳騙我……妳騙我。」當初父母親也是這樣對她說，結果卻讓她一個人在外地生活了十幾年。

就算有疼她的叔叔陪著，可是小孩子需要的只是單純的親情，為什麼他們不知道？

完全不同的世界，讓她差點崩潰。為什麼？為什麼每個人都拿「為她好」當理由來傷害她？她只想跟他們在一起啊！

「我曾經騙過妳嗎？」柔著音調，席芸試著安撫。

「曾經沒有不代表未來不會。」她的家人就是最好的例子。

「冰心……」看來她病得不輕啊！嘆口氣，席芸接著說：「我們得談談。」

有些事得明說，她不想失去知己。拉起何冰心的手，席芸走向旁邊的涼亭決定跟她好好聊聊。

「不，沒什麼好談，妳跟他們一樣，都一樣！」甩開席芸的手，冰心指責聞聲而來的家人們：

「你們有尊重過我嗎？沒有……完全沒有……所有的事，你們都擅自決定，就連我的婚姻也是！」

亂了，一切都亂了，何冰心抱著頭大叫，急欲將內心的煩亂全部宣洩出來，只是不知道該怎麼作。「爲什麼……爲什麼要這樣逼我……」

面對她這樣的情緒失控，眾人簡直嚇壞了，張雨婷衝上去想要安撫女兒，卻讓席芸攔了下來，她要大家安靜，然後看著一直冷眼旁觀的龍銀衣走向何冰心身旁抱緊她，試著安撫她失控的情緒。

「乖，沒有人會逼妳。」

「有，你們都是一夥的，都是……」搥打著龍銀衣，何冰心將所有的怒氣一股腦兒全部出在他身上。「都是你們……」

「是，都是我們的錯，別哭了。」

低柔的聲音像是魔咒，漸漸地平緩了何冰心的紊亂，她抽噎地說：「本來就是你們的錯，小時候，逼我離開台灣、忍受孤單的生活、長大後，又開始逼我接受我不想要的，甚至於婚姻，而你……逼我承認自己愛上你！你們到底要逼我到什麼時候。」她只是不喜歡改變，改變好不容易習慣的生活，爲什麼，爲什麼就是不放過她？

爲什麼他們就是不明白，她要的不過是「尊重」簡單兩個字……

「他們的用意不過是爲了保護妳。」拍撫著懷中失控的人兒，龍銀衣說道：「而我也不過是要定妳。」

「爲什麼……爲什麼是我……」她不懂，也不想懂，因爲太複雜也太困難，那種控制不了的心緒讓她害怕。

「可不可以不要逼我……」這樣過日子不是很好嗎？

「妳眞覺得好嗎？欺騙自己？」

搖晃著頭，何冰心不知道該怎麼說，欺騙自己得到的是空虛，可是面對它，她又不知所措，這種感覺，讓她好難受。

「爲什麼不敞開心試一次？」

「不知道……我不知道……」她怕……她怕啊……她不想再一次承受那滋味……，搖著頭，何冰心無法言語。

感受到她極將崩潰的心防，龍銀衣緊緊抱住她，明白對她不能再施加壓力，否則會讓她逃得更快，於是，他低聲呢語安撫著。

至少，他已經確定了她的心是屬於他的。

也許是哭累了，何冰心窩在龍銀衣的懷中睡著，眾人互看了一眼面面相覷，他們怎麼也想不到，捧在手心疼的冰心其實一點都不快樂。

他們一切的出發點都是爲她好，單純的希望她的人生能夠平順度過。

顯然，他們錯了。

「銀衣。」何奕慶帶著愧疚拍拍龍銀衣的肩膀。

「我想……」

「你……」

搖頭，龍銀衣打斷他後面的話，態度堅決地說：「伯父，我知道你的意思，可是我不會答應。」

「我不會答應退掉婚事。」

「可是冰心她……」何奕慶左右爲難。

「放心，一切交給我。」抱起何冰心，龍銀衣頭也不回地說：「她這一生甩不開我。」

既然她心裡有他的存在，說什麼他都不可能會放手，十幾年來的等候，不是簡單幾句話就可以要求他放棄，說什麼也不可能。

「現在怎麼辦？」看著龍銀衣漸遠的身影，何奕流問。事情似乎失去控制，小妹的情緒很不穩。

「何不先照我師兄的意思呢？」看著何家眾人，席芸口氣輕緩地說：「再多給他一點時間，我相信所有事情都會迎刃而解。」

「可是我妹她……」

「放心，這種情緒反應是正常的，她只是將積壓在內心的話全說開罷了。」

「妳眞的認爲沒問題？」張雨婷問。

「是的，相信我。」

深深看了席芸數秒，張雨婷嘆口氣說：「好吧！就如席芸所說的，給她們一些時間，若三個月後冰心還是執意退婚，我們再來說吧！」

眾人相望，莫不在心底祈求著，希望三個月後，眞的是個快樂的結局。

✵　✵　✵

早晨的陽光穿過窗戶，灑了滿地的金沙，耀眼的光線刺的何冰心自然反應地微眨著眼，右手傳來的壓力感讓她移動身體，可是重物卻也跟著她動。

好重……

張開眼，一張俊美的臉在她眼底放大……

龍．銀．衣！

何冰心嚇得往後退，卻撞上牆，疼的她輕叫一聲。他……他怎會在這？這不是她的房間嗎？

腦中迅速翻飛著記憶，昨晚的失控場面也跟著浮上，啊……她昨天……

紅潮迅速佔據了她的臉頰。

天啊！摀著臉，何冰心挫折地呻吟，這下臉丟大了，想到父母、想到席芸，她恨不得立刻消失。

都是他啦！

瞪著龍銀衣，何冰心忍不住捏了把他的臉洩恨。

這樣的動作惹來受虐兒的一句別吵我，對於他這樣的反應她有點笑意。他竟然睡得那麼熟，是對她家的安全措施有信心呢？還是對她？

腰部傳來的緊迫感，讓何冰心明白短時間想要掙脫他是不可能的，於是她只好調整個舒服的姿勢後，專心地端凝起他來。

對於他，她有好多好多的問題，有關他的堅持。

她無法了解，一個人的心能夠不變嗎？她更無法懂他所說的一見鍾情眞能令一個人瘋狂地追求？

不可否認，她對他有點動心。可是她怕，她怕日後他是不是跟家人一樣給個藉口，然後將她拋棄在半路？

想到這，那種不安全感，侵蝕著她的心，令她難受萬分……

她不想要再嘗一次那種心情，所以動心了又怎樣？動了心就努力地撫平，不要讓它繼續放任，這才能保護自己，不是嗎？

凝視著龍銀衣的睡臉，何冰心催眠著自己，可是心底卻冒出陣陣疑惑，事情眞的是這樣嗎？她眞的能粉飾太平？

輕撫著眼前的面容，她開始懷疑……

10

於是，她又逃了！

站在一片汪洋大海前，何冰心開始諷刺起自己。

原來，對於愛情，她的選擇只有逃避？

難道除了這條路，她眞的不知道怎麼作？

她自問，回答她的卻是一波波浪花拍打海沙的聲響。

抱著頭，何冰心對於自己的懦弱有點痛恨，其實對於心底的疑問她早有股了然，答案就在她自己的心底，只是自己視之不見……

人一生最大的敵人，其實是「自己」，不是嗎？嘆口氣，何冰心閉上眼，靜靜地聆聽海聲、享受海風輕撫的感覺，許久，待她睜開眼轉身之際，一抹熟悉的身影映入眼底。

是他！

「爲什麼要逃？」當他醒來發現她不在，又無人知道下落時，龍銀衣差點翻遍全台灣。

難道她不知道這樣作會讓他們擔心嗎？

望見他，何冰心湧起一股莫名的情緒。「我……只是想出來走走。」

「那是不是也該知會你父母或其他人一聲？」平穩的口氣藏著濃厚的怒氣。

「沒想那麼多。」何冰心苦澀地說。

「妳……」瞪著她，龍銀衣口氣冰冷地說：「妳知不知道妳這一出走，嚇壞多少人？妳有沒有一點自覺？」

她的身分特別，加上綁架案才結束沒多久，竟然連基本的自我保護都不會？

「命是我的，你管得著！」他的怒氣連帶著惹起何冰心火大地回答：「你少管閒事。」

「何．冰．心！」龍銀衣捉住眼前令他又愛又恨的女子的手問道：「妳的腦袋到底在想什麼？」

「什麼都不想去想！」頭好亂，剛剛好不容易清晰的思緒，卻在他出現的剎那全部消失：「你該死的爲什麼要來混亂我，爲什麼不肯放過我？」

「每個人都有追求權不是嗎？我也不過在使用我應有的權利！」

「是沒錯，可是我要的是永恆、是能持續的，而你……是嗎？」

「妳要我的諾言？」

「不，諾言沒有效力！」話誰都會說，問題它的眞假、它的承諾時間無法確定。

「所以？」就是明白與其空說些好話，不如行動，所以龍銀衣不談這：「妳要我的什麼？」既然都明白這道理，那她的考慮是什麼？

「我不知道……我眞的不知道……」她想要相信他，她想要去嘗試，可是……她卻害怕……

「那爲何不試著將心交給我一次，爲何不試著相信我一次？」他也無奈。

「如果……我錯了，那該怎麼辦？」就是因爲這場賭她輸不起，才會讓她左右爲難，才會逼得她只想逃開。

付出的感情，是無法收回的，若以後他們無法走到長久，那痛該怎麼解？那情傷是不是會毀了她？

望著龍銀衣的臉，何冰心眞的想相信，眞的想讓心中這份悸動找到解藥，可是，她卻害怕……害怕這將是一場短暫卻要人命的眷戀……

她……不如外表那麼堅強，一旦決定愛上了，她將義無反顧燃燒自己。

「在妳爲自己擔憂的同時，怎不換個角度來看我的感受？」十年的愛戀，早已讓他將她深刻在心骨，這份感情他怎樣也不會輕易放手，就算她怪他的逼進，他，勢在必得！「相信我一次，給我們倆個一次機會。」

不行動，怎麼知道事情的結果，他有信心與她共同走進未來，就只差她的決心了。

「我……」她想要、卻又怕，這兩股力量在她心底拉起拔河，不知所措。

突然，一句危險跟一個槍聲引起他們的注意。

兩人循著聲音來源看去，空氣瞬間降到冰點。

豔紅鮮血自席芸右肩冒出，她的身後站著一個俊美的男子。

該死，是那個沒品的男人——胡偉。

他不是被父親的人馬通緝嗎？竟然還敢跟蹤她？

何冰心想衝至席芸身旁，卻晚了那個人一步，只能眼睜睜地看著他捉起倒在地上的席芸，毫不憐香惜玉的拉扯，硬是刷白了席芸的臉。

何冰心滿身殺氣地瞪著那個人。

「放開她。」他竟敢傷了她。

「幹，妳說放就放，那以後我怎麼混。」瞪著眼前毀了他幫派的女人，胡偉臉色兇狠。

媽的，他就知道女人是禍害。

要不是她，他的幫派也不會在一天之內垮台，更不會逼得他像過街老鼠，四處躲散，這筆帳，他若不討回，就枉爲江湖瘋狗之稱了。

「我叫你放開她。」眼迸出殺氣，何冰心再次說道。

「等我宰了她就放。」胡偉狂笑，他手中有個好籌碼，讓他可以報仇。

先由這壞了他大事的小妞算起吧！要不是她出聲擋住這一槍，那該死的何冰心早已經死在他的槍下。

刺耳的上膛聲音，讓何冰心急瘋了，她只想宰了胡偉。

狂奔的身子才剛要踏出，便被龍銀衣捉住，他低下頭安撫著怒氣騰騰的何冰心。「冷靜點。」

「冷靜？他傷了芸耶！」叫她冷靜，有沒有攪錯。

看看席芸，龍銀衣說道：「沒事，只是流點血。」

「沒事？」流血沒事？那要等沒了命才要緊嗎？何冰心氣得想打人了。「她是你師妹耶，竟然看著她被人傷了還無動於衷？」

無動於衷？還好啦，他原本也想衝過去，是席芸剛剛使眼色要他不要過去，而且，他也盡力地捉住何冰心，以免壞了師妹的興致，像他這樣疼寵師妹的人不多，不過……

瞄了一眼臉色蒼白的席芸，龍銀衣禁不住佩服她的演技高明，讓多年相依爲命的朋友都看不透她的本性。

席芸並不如外表溫馴，若眞要說起來，所有的人都沒有她嗜血。

她可是個睡著的野獸！

唉！可憐的綁匪，他已經成爲席芸的玩具了。

龍銀衣的態度，讓何冰心快氣炸：「你不救我要救，放開我。」

用力踩了龍銀衣一腳，再加上一記右拐子，何冰心硬是掙脫了他的禁錮，衝向胡偉，惱得龍銀衣咒罵也跟著追上。

胡偉見狀，嘴角揚起邪氣的笑容，一把推開席芸，手上的槍瞄準目標，「碰」一聲，射向何冰心。

尖叫聲起，席芸忍住肩膀上傳來的刺痛，以迅速的身影踢掉胡偉的槍，防止他再開槍，接著，以凌厲的拳法硬將他擒住後，她急忙趕到倒在地上的兩個身影旁。

「心。」席芸翻開龍銀衣，抱著何冰心叫喊著。「心，妳沒事吧。」

「嗚……」神智尚未完全清醒的何冰心，只是吐出呻吟。

「天啊，妳流血了，妳受傷了。」看見好友身上的血，席芸沒了冷靜。

受傷？

何冰心雙眉微皺，不懂她的意思。

她沒受傷啊？受傷的應該是席芸本人吧？

甩甩頭，何冰心試著讓自己清醒點，當她眼神不小心看到倒在身旁的人影時，空間彷彿靜止。

「啊……」低下頭望著雙手的鮮血，再看看龍銀衣闔上眼的蒼白面容，何冰心腦中一片空白。

直到耳邊傳來席芸呼喊龍銀衣的聲音時，她才呆滯地捉起他的手，摸著他的臉，然後陷入黑暗的深淵。

他殺了龍銀衣，他殺了龍銀衣。

不……

白色的牆面，白色的床單，一眼望去的整片白，讓人有著無比的無力感。

坐在病床旁，何冰心冷著臉緊握著龍銀衣的手，他蒼白的臉，讓她有著深深的恐懼。

一公分，就差了一公分，醫生說，還好子彈有點偏移，否則龍銀衣就回天乏術了。

當她聽到這樣的話時，全身血液好似凝結，她無法想像龍銀衣死去的情況，她也不許他死去。

拉起他的手，輕輕撫上自己的臉頰，溫度提醒的存在感讓何冰心淚盈滿眶。

爲什麼人總在失去時才會明白自己眞正所要的呢？

她在乎他啊……

他在她的心底已經佔了一席之地，就算她再怎麼逃，還是甩不開的，爲什麼她會覺得只要拒絕他就能讓自己回到沒動心的自己呢？

她眞傻，誰能保證永遠不變？

若沒努力過，開了花又怎會結果？

她……想通了……想通了……

「誰准你死啦，我不准你這樣躺著，醒來！」霸道不是男人的專利，她不許他就這樣離開她。

依然緊閉的雙眼讓她的淚奪眶而出。「你給我醒來，醒來啊！」眼淚成了宣洩的途徑，何冰心再也忍不住地痛哭。

她不要失去他，不要……

飄浮許久的心，終於找到靠岸，她不許他這樣離去，不許……

似乎回應她的悲慟，原本緊閉的雙眼微動起來，一個低沉嘶啞的聲音突然響起：「妳爲什麼哭？」

何冰心驚喜，抬起頭，映入眼是熟悉的墨色。「你醒了？你要不要緊。」

「妳怎麼了？爲什麼哭了？」她的淚，讓他慌了。不顧身上的痛，他執意自床上坐起。

「別……別亂動。你身上的傷不輕，醫生說……你差點死掉。」一想起，何冰心的心就緊緊揪住。

幸好，幸好他平安。

她眼底的悲傷，讓龍銀衣呆愣數秒。

她爲了他擔心？

穩住浮動的心思，龍銀衣緩緩問道：「妳的眼淚是爲我而哭？」見她微怔，爾後點點頭，興奮也不足也形容他的心情。

「那麼，妳愛我嗎？」粗糙的手撫上白嫩的粉頰，龍銀衣明白自己不該對何冰心那麼急，可是他無法再忍耐下去，每次看見她對席芸的關心及眼底的愛慕，總是讓他控制不了想將席芸踢出眼界。

「我不知道。」她是真的不知道。愛情這玩意，對她而言太陌生了。

「當我看見芸受傷時，我只是怒不可遏地想要傷了芸的人付出代價……」頓了一下，何冰心舔舔乾燥的嘴唇努力整理出自己的心緒。

「可是在看到你身臥血泊之中時，從未有過的恐懼纏繞著我的全身，無法動彈。」那是她從來沒有過的感覺。

從未有過的興奮，在龍銀衣蒼白的臉迸射出光彩，眼底有掩不住的激動。他再也忍不住地將眼前渴望以久的紅唇拉近貼覆在自己冰冷的嘴唇，溫柔地、深深地、烙印著屬於他的印記——久久不解。

⁂ ⁂ ⁂

「如何，這樣的結果可滿意？」倚靠著牆，席芸笑問身邊的兩位長者，龍銀衣的父親龍嘯天與何冰心之父何奕慶。

只見他們兩人互看一眼，隨即笑開地同聲說：「好！」

「芸丫頭，辛苦妳了。」看著席芸肩膀上的白紗，龍嘯天歉意地說。

「呵呵呵，龍伯伯，這點小傷沒事的。」明白長者的擔心，席芸笑著說：「再說，不快將兄長出清，我這個妹子也不心安。」

日前，接到寵愛她的長輩電話，要她插手當起紅娘。

就在她頭疼如何讓何冰心去了解自己的心意時，這突然的危機，成了最佳的催化劑。

她是故意的，故意受傷，也故意讓胡偉有開槍的機會傷人。

這一切都只是爲了逼何冰心看清自己。

事實證明，這傷，値得。

「唉！龍伯伯欠妳一個情。」

「呵，那就讓芸丫頭的紅包省了吧。」眨眨眼，席芸笑說。

「哈，這有什麼問題，別說紅包省了，龍伯伯再包個大紅包答謝妳這個大媒人。」

「呵呵，不用啦，就請龍伯伯跟何伯伯千萬保密，別讓師兄及冰心知道我整他們。」她還想活。

龍嘯天與何奕慶聽了，笑了起來。

對，這事得保密，不然他們就慘了。

不過，擱在心頭上的重擔終於卸下，眞是輕鬆。

他們兩兄弟高興地搭著肩，決定喝杯小酒慶祝。

席芸笑著，輕輕闔上門，還給他們兩人的世界。

【結尾】

夜神幫的大小姐要出嫁了！

猶如平地一聲雷響，這個消息在台灣炒的沸騰。所有媒體莫不盡全力挖出故事的面貌，可是任憑他們施展各行各業的手段也只能確定新郎是跨國企業龍氏企業的少東——龍銀衣。一個神祕度不差何家大小姐的人物。

這樣的大組合在黑白兩道掀起了震撼，也惹來不少的關注，因爲，這可說是一件大事，尤其加上龍銀衣俊秀的面容，以及向來只聞其名不見其人的何冰心的神秘組合，更是所有媒體與無聊百姓的飯後話題。

再加上，他們倆人交往過程中發生了許多轟轟烈烈的事蹟，更增添了傳奇色彩。

只可惜，婚禮只請家族成員出席，不對外公佈，差點氣煞了眾觀眾們。

今天何家三合院內，熱鬧非凡。

女方家族幾乎全員到齊，就連有戀妹情結的黑道十三少們一個也不少地聚集在庭院內的角落，神情鬱悶。

而婚禮的男主角龍銀衣則是春風滿面的穿梭全場，反觀在新娘房內的女主角何冰心則是一臉呆滯。

她要結婚了？

奇怪了，她明明還在高興龍銀衣病癒，怎麼一眨眼人就在婚禮上？

眞是太奇怪了？

好像有什麼事情不對。

緊蹙雙眉，何冰心努力思考的模樣，讓進門的席芸跟季情互看一眼，輕笑起來。

看來有人還搞不清楚狀況。

走向前，席芸與季情一左一右地站在何冰心身旁。

透過何冰心面前的落地鏡，她們終於明白古人說的——「佛要金裝，人要衣裝」的意思了。

今天的何冰心，眞是美呆了。

「恭喜妳了，冰心。」席芸跟季情同聲異口說道。

「今天的妳眞是漂亮。」揚著眉，季情忍不住吹聲口哨。

難怪人家說女人一生最美的時刻就是當新娘子。

輕撫著何冰心的髮絲，席芸有得不捨地說：「想不到妳那麼快就要結婚了。」原以爲她們姐妹倆還能再多玩幾年，想不到，唉……

師兄眞是性急。

才出院不到一個星期，就急著將愛人娶回家。

「芸，情。」握住好友們的手，何冰心不知道該怎麼開口，她總覺得一頭混亂，不知道是哪裡錯了。

「嫁人啦！個性要好點，別那麼火爆了。」季情捏捏何冰心的鼻子說。

「他若欺負妳，妳儘管說，我會幫妳出氣的。」席芸雖然不認爲龍銀衣會欺負何冰心，不過還是先將話說在前頭。

「我……」

「好啦！時辰快到了，新娘子該上場啦。」收起感傷，席芸與季情扶起何冰心走向龍銀衣。

每走一步，何冰心的思緒就越加混亂。

望著龍銀衣俊美的臉，絲絲甜意在心底擴張，她是愛他的，這是不可否認的事實，可是，結婚這檔事似乎還太早了吧！

偏過頭看著身旁的伴娘席芸，再轉過頭看看龍銀衣，一個決定在心底生根。

當牧師唸起婚禮的誓言時，她掙開龍銀衣的手走向席芸，深深看著她，最後張開雙手擁抱住她說道：「我還是不要離開妳。」

這句話猶如炸彈「砰」一聲，嚇得眾人冷汗直竄。

而身爲受害者的龍銀衣，僅是不語望著席芸，要她給個解釋。

「不關我的事。」舉起雙手，席芸急忙撇清說道。

喔喔！師兄發火啦！

「心，妳不想嫁就早點說嘛，這樣子我師兄很沒面子耶。」

身後再響抽氣聲。

眾人閃過一個念頭，席芸在玩火。

「我……我不是故意的。」何冰心苦著臉說：「我到現在還搞不清楚狀況嘛。」

她也很無辜。

大家完全沒有給她思考及發言的時間，婚期就拍桌定案了，而且還訂得十分快速。

能想像嗎?!她的家人竟然在婚禮的前一天晚上才告訴她！

這真的不能怪她。

「可是妳這樣子讓我難做人耶。」攤攤手，席芸一臉無奈。

雖然高興好友作了明智的選擇，可是她不想被拆了骨頭。

她可是和平的愛好者。

「沒關係啦，他不會對妳怎麼樣的啦。」他敢就等著瞧。

聽著她們倆人一來一往的對話，龍銀衣笑了起來。

眾人讓他的笑聲給嚇住了。

新娘當著眾人面前拒絕他耶！他竟然還笑得出來？

這是什麼情形？

大家滿頭霧水。

席芸腦中響起警鈴。

有問題，絕對有問題，師兄不是瘋了就是有鬼。

尚不及仔細思考，一個黑影籠罩三人的天空。

席芸抬頭望去，白了臉，咒罵自口溢出，她慌張地推開了何冰心轉身就跑，而龍銀衣順手接過站不穩的何冰心，雙手霸道地擁住她的細腰，確定她無法掙脫後才看向黑影的主人說道：「你速度太慢了。」

哼，害他差點丟了老婆。

黑影的主人僅是淡漠看了他一眼後，隨即便追了上去。

「放手，到底怎麼回事？」看著好友驚慌失措的樣子，別說何冰心搞不清楚狀況，在場每個人也滿臉疑惑，睨眼龍銀衣，何冰心問道：「他是誰？爲什麼要捉住芸？」

最重要的是，那個人究竟有何能奈，能讓席芸如此害怕？

在美國十多年的相處生活，從未見過這樣的席芸。

她擔心，而在場眾人很好奇。

低頭看著何冰心，龍銀衣笑得邪氣。「她的天敵。」哈，他早該在席芸出現的那一刻就這麼做。

哼，想跟他鬥，還早呢。

「天敵？」

何冰心還想再問個清楚，龍銀衣卻開口打斷：「婚禮繼續。」

「等等，我說不嫁啦。」何冰心抗議。

「妳自己答應過的，不能反悔。」

「我說不嫁就不嫁啦！」

「妳得嫁！」

「我不……」

就這樣，只見龍銀衣與何冰心在炙熱的陽光下爭執著。

看樣子沒有一段時間是解決不了得。

在場的眾人與神父互相看了一下，隨即在何奕慶的招呼下，走向食物前，聊起天、吃起飯。

至於婚禮……

等那對新人決定後再說吧。